胡适 差不多先生传

现代名家美文经典文库

胡适 著

品悦经典童书馆 选编

新疆青少年出版社

图书在版编目（CIP）数据

差不多先生传 / 胡适著；品悦经典童书馆选编. ——乌鲁木齐：新疆青少年出版社，2021.6（2024.9重印）
（现代名家美文经典文库）
ISBN 978-7-5590-7437-9

Ⅰ.①差… Ⅱ.①胡…②品… Ⅲ.①散文集—中国—现代 Ⅳ.①I266

中国版本图书馆CIP数据核字（2021）第055652号

差不多先生传
CHABUDUO XIANSHENG ZHUAN

胡适 著　品悦经典童书馆 选编

出　版	新疆青少年出版社
社　址	乌鲁木齐市北京北路29号
电　话	0991—7833940（编辑部）
发　行	新疆青少年出版社营销中心
经　销	各地新华书店
印　刷	三河市金泰源印务有限公司
法律顾问	王冠华 18699089007
开　本	787mm×1092mm　1/16
印　张	13
版　次	2021年6月第1版
印　次	2024年9月第2次印刷
书　号	ISBN 978-7-5590-7437-9
定　价	35.00元

新疆青少年出版社官网　http://www.qingshao.net
新疆青少年出版社天猫旗舰店　http://xjqss.tmall.com

CHISO SINCE 1956　新疆青少年出版社
（版权所有，侵权必究）

写在前面

翻开这套书时，先来了解一下它们的缔造者吧。不管你之前是不是认识他们，不管你之前有没有听说过他们，现在，马上，或许在一分钟之后，你就能触及他们的心灵……

在你心中，有没有这样一个梦想：成为一名大作家，用文字来充实自己的人生，影响一代又一代的人。那么，你有没有想过，要想成为一个大作家，到底需要什么样的"功力"呢？答案很简单，那就是向文学大师们学习，从他们留下的经典篇章中汲取营养。

每一篇经典文章，都是大师智慧的结晶。有一些你耳熟能详，倒背如流；有一些你闻所未闻，见所未见。不过，每一个灵动的文字，每一句睿智的话语，都是大师留下的一串串脚印，指引你在浩瀚无垠的书海中一步一步向前走，收获最独到的智慧，最奇特的灵感，最真挚的感动……

请记住，他们是——

沉郁雄浑的鲁迅；

睿智幽默的老舍；

温润如玉的胡适；

细腻敏锐的萧红；

淳朴淡泊的朱自清；

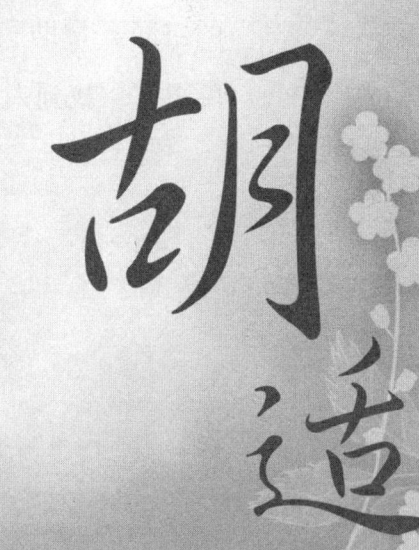

朴实睿智的许地山；

浪漫忧郁的徐志摩；

矜持缄默的林徽因；

唯美忧伤的王尔德；

纯美绚烂的泰戈尔；

……

一个人在一生中，阅读这些经典的文章，不仅可以获得美的享受，还可以汲取其中的思想精华，习得作者的写作技巧。

所以，我们精心撷取了中外现当代百年时光中的一些大师的经典文章，让你们领略阅读之趣、经典之美。这些文章，不光有启迪的色彩，更有智慧的空间，帮助我们积蓄奋斗的力量，汲取改变命运的勇气，找到人生的真谛……

编　者

作者简介

胡适（1891—1962），原名洪骍，字适之，别号自胜生、藏晖室主人，笔名：骍、铁、笑、天风等。安徽绩溪人。因提倡文学革命而成为新文化运动的领袖之一。胡适兴趣广泛，著述丰富，在文学、哲学、史学、考据学、教育学、伦理学、红学等诸多领域都有深入的研究。1939年还获得诺贝尔文学奖的提名。1910年，胡适考取庚子赔款第二期官费生赴美国留学，在康奈尔大学拿到文学学士学位后，又到哥伦比亚大学师从美国实用主义哲学家杜威，获得了哲学博士学位。

胡适深受英国博物学家赫胥黎与杜威的影响，自称赫胥黎教他怎样怀疑、杜威教他怎样思想。毕生宣扬自由主义，提倡怀疑主义，并以《新青年》月刊为阵地，宣传民主、科学，提出"大胆假设，小心求证""言必有征"的治学方法。

1920年，胡适出版了中国新文学史上第一部白话诗集《尝试集》；他还写了第一个白话独幕剧《终身大事》，确立了现代话剧的新形式；他的小说《一个问题》开启了中国现代小说的第一个流派"问题小说"；他首先采用西方近代哲学的体系和方法研究中国先秦哲学，并撰写《中国哲学史大纲》（上卷）；他在古典小说的研究上卓然有成，是新红学派——考据派的创始人，可以说他是将小说纳入学术研究正轨的第一人。

目录

差不多先生传	1
一个问题	5
归国杂感	16
不要抛弃学问	26
多反省少陶醉	29
九年的家乡教育	38
平绥路旅行小记	60
庐山游记（节选）	72
新生活	83
李超传	87
许怡荪传	105
记辜鸿铭	118
追悼志摩	128
追想胡明复	143
追忆曾孟朴先生	153
丁在君这个人	157
中国第一伟人杨斯盛传	173
中国爱国女杰王昭君传	177
《西游记》的第八十一难	184

差不多先生传

　　这是一篇传记体裁的寓言，以切近生活的事例作为佐证，构成了一篇趣味盎然、含义深远的文章。胡适巧妙地运用了夸饰、排比、映衬、反讽等修辞手法，以浅显生动的语言，因事见理的方式，让人在荒谬好笑的文字背后，领略到严肃的用心——讽刺当时中国社会那些处世不认真的人。

　　本文不仅语言朴实无华，甚至连讲述的几件事也普通之至，例如买糖、念书、记账、搭车、治病之类。这些事都非常生活化，人人经历，人人都明白。这更有助于人们理解许多国人处事马虎、不肯认真的"差不多"精神，不得不使人猛然警醒。通篇用浅显的文字、明白流畅的句子，把剖析国人劣根性的重大主题说得清楚明了，真可谓不用技法就是最高的技法。

差不多先生传

你知道中国最有名的人是谁?

提起此人,人人皆晓,处处闻名。他姓差,名不多,是各省各县各村人氏。你一定见过他,一定听过别人谈起他。差不多先生的名字天天挂在大家的口头,因为他是中国全国人的代表。

差不多先生的相貌和你和我都差不多。他有一双眼睛,但看得不很清楚;有两只耳朵,但听得不很分明;有鼻子和嘴,但他对于气味和口味都不很讲究。他的脑子也不小,但他的记性却不很精明,他的思想也不很细密。

他常常说:"凡事只要差不多,就好了。何必太精明呢?"

他小的时候,他妈叫他去买红糖,他买了白糖回来。他妈骂他,他摇摇头说:"红糖白糖不是差不多吗?"

他在学堂的时候,先生问他:"直隶省①的西边是哪一省?"

他说是陕西。先生说:"错了。是山西,不是陕西。"

他说:"陕西同山西,不是差不多吗?"

后来他在一个钱铺里做伙计;他也会写,也会算,只是总不会精细。十字常常写成千字,千字常常写成十字。掌柜的生气了,常常骂他。他只是笑嘻嘻地赔小心道:"千字比十字只多一小撇,不是差不多吗?"

---

① 直隶省:中国置省最早的省份之一。位于华北平原东北部,濒临渤海湾。明朝时期称直接隶属于京师的地区为直隶,1914年划长城以北改属热河、察哈尔两个特别区域,1928年改省名为河北省。

有一天，他为了一件要紧的事，要搭火车到上海去。他从从容容地走到火车站，迟了两分钟，火车已开走了。他白瞪着眼，望着远远的火车上的煤烟，摇摇头道："只好明天再走了，今天走同明天走，也还差不多。可是火车公司未免太认真了。八点三十分开，同八点三十二分开，不是差不多吗？"他一面说，一面慢慢地走回家，心里总不明白为什么火车不肯等他两分钟。

有一天，他忽然得了急病，赶快叫家人去请东街的汪医生。那家人急急忙忙地跑去，一时寻不着东街的汪大夫，却把西街牛医王大夫请来了。差不多先生病在床上，知道寻错了人；但病急了，身上痛苦，心里焦急，等不得了，心里想道："好在王大夫同汪大夫也差不多，让他试试看罢。"于是这位牛医王大夫走近床前，用医牛的法子给差不多先生治病。不上一点钟，差不多先生就一命呜呼了。

差不多先生差不多要死的时候，一口气断断续续地说道："活人同死人也差……差……差不多，……凡事只要……差……差……不多……就……好了，……何……何……必……太……太认真呢？"他说完了这句格言，方才绝气了。

他死后，大家都很称赞差不多先生样样事情看得破，想得通；大家都说他一生不肯认真，不肯算账，不肯计较，真是一位有德行的人。于是大家给他取个死后的法号，叫他做圆通大师。

他的名誉越传越远，越久越大。无数无数的人都学他的榜

差不多先生传

样。于是人人都成了一个差不多先生。——然而中国从此就成为一个懒人国了。

[原载于1924年6月28日《申报·平民周刊》第1期，署名胡适。后收入1987年9月香港三联书店版《胡适》（易竹贤编）。]

一个问题

　　这篇文学小品，文字直白、结构简单，问题却很深奥："人生在世，究竟是为什么的？"文章通过老同学邂逅，穷困潦倒的提这问题的主人公对自己生活经历的叙述，流露出了作者对社会的看法和对底层人群的同情。

　　辛亥革命虽然光复了中国，但并没有给它的人民提供一个良好的生活环境。一个曾经大学里"很有豪气的人"，为生计所迫，即使兼几份职，也养不了一个家，更别提人情往来了。一个知识分子的生活遭遇尚且如此，普通的平民就更不必说了。

　　在民不聊生的社会现实中，一个有思想的知识分子只能沦为人们眼中的"疯子"，对一个国家来讲，这是一种莫大的悲哀。

差不多先生传

我到北京不到两个月。这一天我在中央公园里吃冰，几位同来的朋友先散了；我独自坐着，翻开几张报纸看看，只见满纸都是讨伐西南和召集新国会的话。我懒得看那些疯话，丢开报纸，抬起头来，看见前面来了一男一女，男的抱着一个小孩子，女的手里牵着一个三四岁的孩子。我觉得那男的好生面善，仔细打量他，见他穿一件很旧的官纱长衫，面上很有老态，背脊微有点弯，因为抱着孩子，更显出曲背的样子。他看见我，也仔细打量。我不敢招呼，他们就过去了。走过去几步，他把小孩子交给那女的，他重又回来，问我道："你不是小山吗？"我说："正是。你不是朱子平吗？我几乎不敢认你了！"他说："我是子平，我们八九年不见，你还是壮年，我竟成了老人了，怪不得你不敢招呼我。"

我招呼他坐下，他不肯坐，说他一家人都在后面坐久了，要回去预备晚饭了。我说："你现在是儿女满堂的福人了。怪不得要自称老人了。"他叹口气，说："你看我狼狈到这个样子，还要取笑我？我上个月见着伯安仲实弟兄们，才知道你今年回国。你是学哲学的人，我有个问题要来请教你。我问过多少人，他们都说我有神经病，不大理会我。你把住址告诉我，我明天来看你。今天来不及谈了。"

我把住址告诉了他，他匆匆地赶上他的妻子，接过小孩子，一同出去了。

我望着他们出去，心里想道：朱子平当初在我们同学里面，

我懒得看那些疯话，丢开报纸，抬起头来，看见前面来了一男一女，男的抱着一个小孩子，女的手里牵着一个三四岁的孩子。

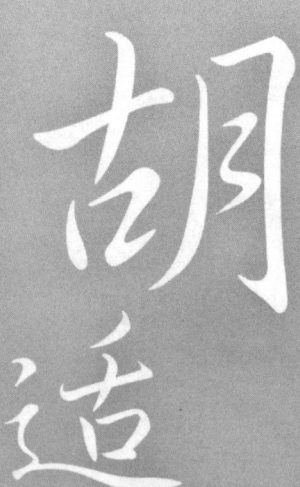

胡适

要算一个很有豪气的人，怎么现在弄得这样潦倒？看他见了一个多年不见的老同学，一开口就有什么问题请教，怪不得人说他有神经病。但不知他因为潦倒了才有神经病呢？还是因为有了神经病所以潦倒呢？

第二天一大早，他果然来了。他比我只大得一岁，今年三十岁。但是他头上已有许多白发了。外面人看来，他至少要比我大十几岁。

他还没有坐定，就说："小山，我要请教你一个问题。"

我问他什么问题。他说："我这几年以来，差不多没有一天不问自己道：人生在世，究竟是为什么的？我想了几年，越想越想不通。朋友之中也没有人能回答这个问题。起先他们给我一个'哲学家'的绰号，后来他们竟然叫我做朱疯子了！小山，你是见多识广的人，请你告诉我，人生在世，究竟是为什么的？"

我说："子平，这个问题是没有答案的。现在的人最怕的是有人问他这个问题。得意的人听着这个问题就要扫兴，不得意的人想着这个问题就要发狂。他们是聪明人，不愿意扫兴，更不愿意发狂，所以给你这个疯子的绰号，就算完了。——我要问你，你为什么想到这个问题上去呢？"

他说："这话说来很长，只怕你不爱听。"

我说我最爱听。他叹了一口气，点着一根纸烟，慢慢地说。以下都是他的话。

差不多先生传

　　我们离开高等学堂那一年，你到英国去了，我回到家乡，生了一场大病，足足的病了十八个月。病好了，便是辛亥革命，把我家在汉口的店业就光复掉了。家里生计渐渐困难，我不能不出来谋事。那时伯安石生一班老同学都在北京，我写信给他们，托他们寻点事做。后来他们写信给我，说从前高等学堂的老师陈老先生答应要我去教他的孙子。我到了北京，就住在陈家。陈老先生在大学堂教书，又担任女子师范的国文，一个月拿得钱很多，但是他的两个儿子都不成器，老头子气得很，发愤要教育他几个孙子成人。但是他一个人教两处书，那有工夫教小孩子？你知道我同伯安都是他的得意学生，所以他叫我去，给我二十块钱一个月，住的房子，吃的饭，都是他的，总算他老先生的一番好意。

　　过了半年，他对我说，要替我做媒。说的是他一位同年的女儿，现在女子师范读书，快要毕业了。那女子我也见过一两次，人倒很朴素稳重。但是我一个月拿人家二十块钱，如何养得起家小？我把这个意思回复他，谢他的好意。老先生有点不高兴，当时也没说什么。过了几天，他请了伯安仲实弟兄到他家，要他们劝我就这门亲事。他说："子平的家事，我是晓得的。他家三代单传，嗣续的事不能再缓了。二十多岁的少年，那里怕没有事做？还怕养不活老婆吗？我替他做媒的这头亲事是再好也没有的。女的今年就毕业，毕业后还可在本京蒙养院教书，我已经替她介绍好了。蒙养院的钱虽不多，也可以贴补一点家用。他再要怕不够时，我把女学堂的三十块钱让他去教。我老了，大学堂一处也够我忙了。你们看我这个媒人总可算是竭力报效了。"

伯安弟兄把这番话对我说，你想我如何能再推辞。我只好写信告诉家母。家母回信，也说了许多"三代单传，不孝有三，无后为大"的话。又说，"陈老师这番好意，你稍有人心，应该感激图报，岂可不识抬举？"

我看了信，晓得家母这几年因为我不肯娶亲，心里很不高兴，这一次不过是借题发点牢骚。我仔细一想，觉得做了中国人，老婆是不能不讨的，只好将就点罢。

我去找到伯安仲实，说我答应订定这头亲事，但是我现在没有积蓄，须过一两年再结婚。

他们去见老先生，老先生说："女孩子今年二十三岁了，她父亲很想早点嫁了女儿，好替他小儿子娶媳妇。你们去对子平说，叫他等女的毕业了就结婚。仪节简单一点，不费什么钱。他要用木器家具，我这里有用不着的，他可去搬去用。我们再替他邀一个公份，也就可以够用了。"

他们来对我说，我没有话可驳回，只好答应了。过了三个月，我租了一所小屋，预备成亲。老先生果然送了一些破烂家具，我自己添置了一点。伯安、石生一些人发起一个公份，送了我六十多块钱的贺仪，只够我替女家做了两套衣服，就完了。结婚的时候，我还借了好几十块钱，才勉强把婚事办了。

差不多先生传

  结婚的生活,你还不曾经过。我老实对你说,新婚的第一年,的确是很有乐趣的生活。我的内人,人极温和,她晓得我的艰苦,我们从不肯乱花一个钱。我们只用一个老妈子,白天我上陈家教书,下午到女师范教书,她到蒙养院教书。晚上回家,我们自己做两样家乡小菜,吃了晚饭,闲谈一会,我改我的卷子,她陪我坐着做点针线。我有时做点文字卖给报馆,有时写到夜深才睡。她怕我身体过劳,每晚到了十二点钟,她把我的墨盒纸笔都收了去,吹灭了灯,不许我再写了。

  小山,这种生活,确有一种乐趣。但是不到七八个月,我的内人就病了,呕吐得很厉害。我们猜是喜信,请医生来看,医生说八成是有喜。我连忙写信回家,好叫家母欢喜。老人家果然欢喜得很,托人写信来说了许多孕妇保重身体的法子,还做了许多小孩的衣服小帽寄来。

  产期将近了。她不能上课,请了一位同学代她。我添雇了一个老妈子,还要准备许多临产的需要品。好容易生下一个男孩子来。产后内人身体不好,乳水不够,不能不雇奶妈。一家平空减少了每月十几块钱的进账,倒添上了几口人吃饭拿工钱。家庭的担负就很不容易了。

  过了几个月,内人身体复原了,依旧去上课,但是记挂着小孩子,觉得很不方便。看十几块钱的面子上,只得忍着心肠做去。

  不料陈老先生忽然得了中风的病,一起病就不能说话,不久就死了。他那两个宝贝儿子，把老头子的一点存款都瓜分了，还要赶回家去分田产，把我的三个小学生都带回去了。

我少了二十块钱的进款，正想寻事做，忽然女学堂的校长又换了人，第二年开学时，他不曾送聘书来，我托熟人去说，他说我的议论太偏僻了，不便在女学堂教书。我生了气，也不屑再去求他了。

伯安那时做众议院的议员，在国会里颇出点风头。我托他设法。他托陈老先生的朋友把我荐到大学堂去当一个事务员，一个月拿三十块钱。

我们只好自己刻苦一点，把奶妈和那添雇的老妈子辞了。每月只吃三四次肉，有人请我吃酒，我都辞了不去，因为吃了人的，不能不回请。戏园里是四年多不曾去过了。

但是无论我们怎样节省，总是不够用。过了一年又添了一个孩子。这回我的内人自己给他奶吃，不雇奶妈了。但是自己的乳水不够，我们用开成公司的豆腐浆代它，小孩子不肯吃，不到一岁就殇掉了。内人哭得什么似的。我想起孩子之死全系因为雇不起奶妈，内人又过于省俭，不肯吃点滋养的东西，所以乳水更不够。我看见内人伤心，我心里实在难过。

后来时局一年坏似一年，我的光景也一年更紧似一年。内人因为身体不好，辍课太多，蒙养院的当局颇说嫌话，内人也有点拗性，索性辞职出来。想找别的事做，一时竟寻不着。北京

差不多先生传

这个地方,你想寻一个三百五百的阔差使,反不费力。要是你想寻二三十块钱一个月的小事,那就比登天还难。到了中交两行停止兑现的时候,我那每月三十块钱的票子更不够用了。票子的价值越缩下去,我的大孩子吃饭的本事越大起来。去年冬天,又生了一个女孩子,就是昨天你看见我抱着的。我托了伯安去见大学校长,请他加我的薪水,校长晓得我做事认真,加了我十块钱票子,共是四十块,打个七折,四七二十八,你替我算算,房租每月六块,伙食十五块,老妈工钱两块,已是二十三块了。剩下五块大钱,每天只派着一角六分大洋做零用钱。做衣服的钱都没有,不要说看报买书了。大学图书馆里虽然有书有报,但是我一天忙到晚,公事一完,又要赶回家来帮内人照应小孩子,哪里有工夫看书阅报?晚上我腾出一点工夫做点小说,想赚几个钱。我的内人向来不许我写过十二点钟的,于今也不来管我了。她晓得我们现在所处的境地,非寻两个外块钱不能过日子,所以只好由我写到两三点钟才睡。但是现在卖文的人多了,我又没有工夫看书,全靠绞脑子、挖心血,没有接济思想的来源,做的东西又都是百忙里偷闲潦草做的,哪里会有好东西?所以往往卖不起价钱,有时原稿退回,我又修改一点,寄给别家。前天好容易卖了一篇小说,拿着五块钱,所以昨天全家去逛中央公园,去年我们竟不曾去过。

  我每天五点钟起来,——冬天六点半起来——午饭后靠着桌子偷睡半个钟头，一直忙到夜深半夜后。忙的是什么呢？我要吃饭，老婆要吃饭，还要喂小孩子吃饭——所忙的不过为了这一件事！

我每天上大学去，从大学回来，都是步行。这就是我的体操，不但可以省钱，还可给我一点用思想的时间，使我可以想小说的布局，可以想到人生的问题。有一天，我的内人的姊夫从南边来，我想请他上一回馆子，家里恰没有钱，我去问同事借，那几位同事也都是和我不相上下的穷鬼，那有钱借人？我空着手走回家，路上自思自想，忽然想到一个大问题，就是"人生在世，究竟是为什么的？"……我一头想，一头走，想入了迷，就站在北河沿一棵柳树下，望着水里的树影子，足足站了两个钟头。等到我醒过来走回家时，天已黑了，客人已走了半天了！

自从那一天到现在，几乎没有一天我不想到这个问题。有时候，我从睡梦里喊着"人生在世，究竟是为什么的？"

小山，你是学哲学的人。像我这样养老婆、喂小孩子，就算做了一世的人吗？……

民国八年。
（原载于《每周评论》第33号，收入诗集《尝试集》初版，第4版删去。）

归国杂感

作者回国后,到过上海、北京等地,目睹了一些社会现象,有感而发,便成了这篇"杂感"。

在上海大舞台看完戏后,作者感到这个大舞台是当时中国的一个缩影。从洋房、布景装潢到演员演戏,整个都是新瓶装旧酒,"是一幅绝妙的中国现势图"。接着,作者列举了内地三炮台洋烟的风行;引进的扑克牌时髦得超过了国粹麻将牌;书店里值得一读的书少得可怜,引进的图书又都是一些陈旧过时缺乏思想潮流的;时间不值钱,教育脱离社会实际,是亡国的教育,等等现象,都让作者感到"如今还是这个样子"。从作者的这些观感中,我们可以看出作者对当时中国现状的担忧。

我在美国动身的时候，有许多朋友对我道："密司忒胡，你和中国别了七个足年①了，这七年之中，中国已经革了三次的命，朝代也换了几个了。真个是一日千里的进步。你回去时，恐怕要不认得那七年前的老大帝国了。"我笑着对他们说道："列位不用替我担忧。我们中国正恐怕进步太快，我们留学生回去要不认得她了，所以她走上几步，又退回几步。她正在那里回头等我们回去认旧相识呢。"

这话并不是戏言，乃是真话。我每每劝人回国时莫存大希望；希望越大，失望越大。所以我自己回国时，并不曾怀什么大希望。果然船到了横滨，便听得张勋复辟的消息。如今在中国已住了四个月了，所见所闻，果然不出我所料。七年没见面的中国还是七年前的老相识！到上海的时候，有一天，一位朋友拉我到大舞台去看戏。我走进去坐了两点钟，出来的时候，对我的朋友说道："这个大舞台真正是中国的一个绝妙的缩本模型。你看这大舞台三个字岂不很新？外面的房屋岂不是洋房？这里面的座位和戏台上的布景装潢岂不是西洋新式？但是做戏的人都不过是赵如泉、沈韵秋、万盏灯、何家声、何金寿这些人。没有一个不是二十年前的旧古董！我十三岁到上海的时候，他们已成了老角色了。如今又隔了十三年了，却还是他们在台上撑场面。这

---

① 胡适1910年考取官费赴美留学生，1917年学成回国，前后七年。

差不多先生传

十三年造出来的新角色都到哪里去了呢？你再看那台上做的《举鼎观画》。那祖先堂上的布景，岂不很完备？只是那小薛蛟拿了那老头儿的书信，就此跨马加鞭，却忘记了台上布的景是一座祖先堂！又看那出《四进士》。台上布景，明明有了门了，那宋士杰却还要做手势去关那没有的门！上公堂时，还要跨那没有的门槛！你看这二十年前的旧古董在二十世纪的大舞台上做戏；装上了二十世纪的新布景，却偏要做那二十年前的旧手脚！这不是一副绝妙的中国现势图吗？"

　　我在上海住了十二天，在内地住了一个月，在北京住了两个月，在路上走了二十天，看了两件大进步的事：第一件是"三炮台"的纸烟，居然行到我们徽州去了；第二件是"扑克"牌居然比麻雀牌还要时髦了。"三炮台"纸烟还不算稀奇，只有那"扑克"牌何以会这样风行呢？有许多老先生向来学A、B、C、D，是很不行的，如今打起"扑克"来，也会说"恩德""累死""接客倭彭"了！这些怪不好记的名词，何以会这样容易上口呢？他们学这些名词这样容易，何以学正经的A、B、C、D，又那样蠢呢？我想这里面很有可以研究的道理。新思想行不到徽州，恐怕是因为新思想没有"三炮台"那样中吃吧？A、B、C、D，不容易教，恐怕是因为教的人不得其法吧？

　　我第一次走过四马路，就看见了三部教"扑克"的书。我心想"扑克"的书已有这许多了，那别种有用的书，自然更不少了，所以我就花了一天的工夫,专去调查上海的出版界。我是学哲学的,自然先寻哲学的书。不料这几年来,中国竟可以算得没有出过一部哲学书。找来找去,找到一部《中国哲学史》,内中王阳明①占了四大页,《洪范》倒占了八页!还说了些"孔子既受天之命""与关地合德"的话。又看见一部《韩非子精华》,删去了《五蠹》和《显学》两篇,竟成了一部《韩非子糟粕》了。文学书内,只有一部王国维的《宋元戏曲史》是很好的。又看见一家书目上有翻译的萧士比亚②剧本,找来一看,原来把会话体的戏剧,都改作了《聊斋志异》体的叙事古文!又看见一部《妇女文学史》,内中苏蕙的回文诗足足占了六十页!又看见《饮冰室丛著》内有《墨学微》一书,我是喜欢看看墨家的书的人,自然心中很高兴。不料抽出来一看,原来是任公③先生十四年前的旧作,不曾改了一个字!此外只有一部《中国外交史》,可算是一部好书,如今居然到了三版了。这件事还可以使人乐观。此外那些新出版的小说,看来看去,实在找不出一部可看的小说。有人对我说,如今最风行的是一部《新华春梦记》,这也可以想见中国小说界的程度了。

总而言之,上海的出版界——中国的出版界——这七年来简

---

① 王阳明(1472—1528):名守仁,明代哲学家、教育家。
② 即莎士比亚(1564—1616),英国文艺复兴时期剧作家、诗人。
③ 即梁启超(1873—1929),字卓如,号任公,又号饮冰室主人。中国近代哲学家、思想家。他的著作编为《饮冰室合集》。

差不多先生传

直没有两三部以上可看的书！不但高等学问的书一部都没有，就是要找一部轮船上火车上消遣的书，也找不出！（后来我寻来寻去，只寻得一部吴稚晖先生的《上下古今谈》，带到芜湖路上去看。）我看了这个怪现状，真可以放声大哭。如今的中国人，肚子饿了，还有些施粥的厂把粥给他们吃。只是那些脑子叫饿的人可真没有东西吃了。难道可以把"九尾龟""十尾龟"拿来充饥吗？

中文书籍既是如此，我又去调查现在市上最通行的英文书籍。看来看去，都是些什么萧士比亚的《威匿思商》《麦克白传》[1]，阿狄生[2]的《文报选录》，戈司密[3]的《威克斐牧师》，欧文[4]的《见闻杂记》，……大概都是些十七世纪十八世纪的书。内中有几部十九世纪的书，也不过是欧文、迭更司[5]、司各脱[6]、麦考来[7]几个人的书，都是和现在欧美的新思潮毫无关系的。怪不得我后来问起一位有名的英文教习，竟连 Bernard Shaw[8] 的名字也不曾听见过，不要说 Tchekov 和 Andreyev 了。我想这都是现在一班教会学

---

[1] 即《威尼斯商人》和《麦克白》，莎士比亚创作的戏剧。
[2] 即约瑟夫·阿狄生（1672—1719, Joseph Addsion），英国作家、政治家。
[3] 即哥尔斯密（1730—1774, Dliver Goldsmith），英国作家。
[4] 即华盛顿·欧文（1783—1859, Washington Irving），美国作家。代表作有《见闻杂论》、《华盛顿传》等。
[5] 即查尔斯·狄更斯（1812—1870, Charles Dickens），英国作家。
[6] 即沃尔特·司各特（1771—1832, Walter Scott），英国小说家、诗人。
[7] 即麦考莱（1800—1859, T.B.Macaulay），英国历史学家、散文家、诗人。
[8] 即萧伯纳（1856—1950），爱尔兰作家。

堂出身的英文教习的罪过。这些英文教习，只会用他们先生教过的课本。他们的先生又只会用他们先生的先生教过的课本。所以现在中国学堂所用的英文书籍，大概都是教会先生的太老师或太太老师们教过的课本！怪不得和现在的思想潮流绝无关系了。

  有人说，思想是一件事，文字又是一件事，学英文的人何必要读与现代新思潮有关系的书呢？这话似乎有理，其实不然。我们中国学英文，和英国美国的小孩子学英文，是两样的。我们学西洋文字，不单是要认得几个洋字，会说几句洋话，我们的目的在于输入西洋的学术思想，所以我以为中国学校教授西洋文字，应该用一种"一箭射双雕"的方法，把"思想"和"文字"同时并教。例如教散文，与其用欧文的《见闻杂记》，或阿狄生的《文报选录》，不如用赫胥黎①的《进化杂论》。又如教戏曲，与其教萧士比亚的《威匿思商》，不如用Bernard Shaw的*Androcles and the Lion*②，或是Galsworthy③的*Strike*和*Justice*。又如教长篇的文字，与其教麦考来的《约翰生行述》不如教弥尔的《群己权界论》④。……我写到这里，忽然想起日本东京丸善书店的英文书目。

---

① 赫胥黎（1825—1895）：英国博物学家。著有《进化论与伦理学》等书。严复将此书的一部分译成中文，称为《天演论》。
② 即《安德罗克勒斯和狮子》，萧伯纳的剧作。
③ 高尔斯华绥（1867—1933）：英国小说家、剧作家。后面提到的*Strike*和*Justice*是他的两部剧本《斗争》和《正义》。
④ 即约翰·斯图尔特·穆勒（1773—1836，John Stuart Mill），英国唯心主义哲学家、经济学家、逻辑学家。著有《论自由》（严复译本名《群己权界论》）等书。

差不多先生传

　　那书目上，凡是英美两国一年前出版的新书，大概都有。我把这书目和商务书馆与伊文思书馆的书目一比较，我几乎要羞死了。

　　我回中国所见的怪现状，最普通的是"时间不值钱"。中国人吃了饭没有事做，不是打麻雀（将），便是打"扑克"。有的人走上茶馆，泡了一碗茶，便是一天了。有的人拿一只鸟儿到处逛逛，也是一天了。更可笑的是朋友去看朋友，一坐下便生了根了，再也不肯走。有事商议，或是有话谈论，倒也罢了。其实并没有可议的事，可说的话。我有一天在一位朋友处有事，忽然来了两位客，是□□馆的人员。我的朋友走出去会客，我因为事没有完，便在他房里等他。我以为这两位客一定是来商议这□□馆中什么要事的。不料我听得他们开口道："□□先生，今回是打津浦火车来的，还是坐轮船来的？"我的朋友说是坐轮船来的。这两位客接着便说轮船怎样不便，怎样迟缓。又从轮船上谈到铁路上，从铁路上又谈到现在中交两银行的钞洋跌价。因此又谈到梁任公的财政本领，又谈到梁士诒的行踪去迹……谈了一点多钟，没有谈上一句要紧的话。后来我等的没法了，只好叫听差去请我的朋友。那两位客还不知趣，不肯就走。我不得已，只好跑了，让我的朋友去领教他们的"二梁优劣论"吧！

　　美国有一位大贤名弗兰克令[①]（Benjamin Franklin）的，曾说

[①] 通译本杰明·富兰克林，美国政治家、科学家。

道:"时间乃是造成生命的东西。"时间不值钱,生命仍然也不值钱了。上海那些拣茶叶的女工,一天拣到黑,至多不过得二百个钱,少的不过得五六十钱。茶叶店的伙计,一天做十六七点钟的工,一个月平均只拿得两三块钱!还有那些工厂的工人,更不用说了。还有那些更下等,更苦痛的工作,更不用说了。人力那样不值钱,所以卫生也不讲究,医药也不讲究。我在北京、上海看那些小店铺里和穷人家里的种种不卫生,真是一个黑暗世界。至于道路的不洁净,瘟疫的流行,更不消说了。最可怪的是无论阿猫阿狗都可挂牌医病,医死了人,也没有人怨恨,也没有人干涉。人命的不值钱,真可算得到了极端了。

现今的人都说教育可以救种种的弊病。但是依我看来,中国的教育,不但不能救亡,简直可以亡国。我有十几年没到内地去了,这回回去,自然去看看那些学堂。学堂的课程表,看来何尝不完备?体操也有,图画也有,英文也有,那些国文、修身之类,更不用说了。但是学堂的弊病,却正在这课程完备上。例如我们家乡的小学堂,经费自然不充足了,却也要每年花六十块钱去请一个中学堂学生兼教英文唱歌。又花二十块钱买一架风琴。我心想,这六十块一年的英文教习,能教什么英文?教的英文,在我们山里的小地方,又有什么用处?至于那音乐一科,更无道理了。请问那种学堂的音乐,还是可以增进"美感"呢?还是可以增进音乐知识呢?若果然要教音乐,为什么不去村乡里找一个

差不多先生传

会吹笛子唱昆腔的人来教。为什么一定要用那实在不中听的二十块钱的风琴呢？那些穷人的子弟学了音乐回家，能买得起一架风琴来练习他所学的音乐知识吗？我真是莫名其妙了。所以我在内地常说："列位办学堂，尽不必问教育部规程是什么，须先问这块地方上最需要的是什么。譬如我们这里最需要的是农家常识、蚕桑常识、商业常识、卫生常识，列位却把修身教科书去教他们做圣贤！又把二十块钱的风琴去教他们学音乐！又请一位六十块钱一年的教习教他们的英文！列位自己想想看，这样的教育，造得出怎么样的人才？所以我奉劝列位办学堂，切莫注重课程的完备，须要注意课程的实用。尽不必去巴结视学员，且去巴结那些小百姓。视学员说这个学堂好，是没有用的。须要小百姓都肯把他们的子弟送来上学，那才是教育有成效了。"

以上说的是小学堂。至于那些中学校的成绩，更可怕了。我遇见一位省立法政学堂的本科学生，谈了一会，他忽然问道："听说东文是和英文差不多的，这话可真吗？"我已经大诧异了。后来他听我说日本人总有些岛国习气，忽然问道："原来日本也在海岛上吗？"——这个固然是一个极端的例。但是如今中学堂毕业的人才，高又高不得，低又低不得，竟成了一种无能的游民。这都由于学校里所教的功课，和社会上的需要毫无关涉。所以学校只管多，教育只管兴，社会上的工人、伙计、账房、警察、兵士、农夫……还只是用没有受过教育的人。社会所需要的是做事的人才，学堂所造成的是不会做事又不肯做事的人才，这种教育不是亡国的教育吗？

我说我的"归国杂感"，提起笔来，便写三四千字。说的都是些很可以悲观的话。但是我却并不是悲观的人。我以为这二十年来中国并不是完全没有进步，不过惰性太大，向前三步又退回两步，所以到如今还是这个样子。我这回回家寻出了一部叶德辉的《翼教丛编》，读了一遍，才知道这二十年的中国实在已经有了许多大进步。不到二十年前，那些老先生们，如叶德辉、王益吾之流，出了死力去驳康有为，所以这书叫做《翼教丛编》。我们今日也痛骂康有为①。但二十年前的中国，骂康有为太新；二十年后的中国却骂康有为太旧。如今康有为没有皇帝可保了，很可以做一部《翼教续编》来骂陈独秀了。这两部"翼教"的书的不同之处便是中国二十年来的进步了。

民国七年一月。

（原载1918年1月《新青年》第四卷第1号，署名胡适。后收入上海东亚图书馆1921年12月初版《胡适文存》。）

---

① 康有为（1858—1927）：中国近代维新派领袖、思想家，后为保皇会首领。原名祖诒，号长素，又号更生，广东南海丹灶（今属佛山市南海区）人。

不要抛弃学问

——胡适1929年中国公学18级毕业赠言

中国公学是中国最早的大学之一，这里走出了胡适、冯友兰、吴晗、何其芳、吴健雄等一大批哲学家、历史学家、作家和物理学家。作为前辈和校长，胡适在18级学子毕业的时候，会对这些后生们说点什么呢？

他没有说什么豪言壮语，更没有用长辈惯有的说教语气。整篇讲话只是一句句情真意切的大实话，像涓涓细流滋润着学子们。他这篇讲话的核心，就是不要放弃对学问的追求，更加不要找各种借口和理由来为懒惰开脱。这些话虽然讲在九十多年前，但现在听来，依然能够激荡起人们心弦的回响。

诸位毕业同学：

你们现在要离开母校了，我没有什么礼物送给你们，只好送你们一句话罢。

这一句话是："不要抛弃学问。"以前的功课也许有一大部分是为了这张毕业文凭不得已而做的。从今以后，你们可以依自己的心愿去自由研究了。趁现在年富力强的时候，努力做一种专门学问。少年是一去不复返的，等到精力衰时，要做学问也来不及了。即为吃饭计，学问绝不会辜负人的。吃饭而不求学问，三年五年之后，你们都要被后进少年淘汰掉的。到那时再想做点学问来补救，恐怕已太晚了。

有人说："出去做事之后，生活问题亟须解决，哪有工夫去读书?即使要做学问，既没有图书馆，又没有实验室，哪能做学问？"

我要对你们说：凡是要等到有了图书馆方才读书的，有了图书馆也不肯读书。凡是要等到有了实验室方才做研究的，有了实验室也不肯做研究。你有了决心要研究一个问题，自然会撙衣节食去买书，自然会想出法子来设置仪器。至于时间，更不成问题。达尔文一生多病，不能多做工，每天只能做一点钟的工作。你们看他的成绩!每天花一点钟看十页有用的书，每年可看三千六百多页书，三十年读约十一万页书。

诸位，十万页书可以使你成一个学者了。可是，每天看三种小报也得费你一点钟的工夫；四圈麻将也得费你一点半钟的光

差不多先生传

阴。看小报呢,还是打麻将呢,还是努力做一个学者呢?全靠你们自己的选择!

易卜生说:"你的最大责任是把你这块材料铸造成器。"

学问便是铸器的工具。抛弃了学问便是毁了你自己。

再会了!你们的母校眼睁睁地要看你们十年之后成什么器。

多反省少陶醉

本文是对《我们要有信心》一文错误观点的批驳，文章从三个方面批驳了对方观点的荒谬性，从而提出自己的观点："可靠的民族信心，必须建筑在一个坚固的基础上。"而这个基础就是"反省"。

作者首先分析了关于创造性的问题，认为："凡富于创造性的人必敏于模仿，凡不善模仿的人决不能创造。"一个善于创造的民族，就是肯学人家的好处。其次，指出对日本民族的善于模仿不能轻视，并以日本在绘画、文学、工商的进步予以佐证。第三，分析了"我们的固有文化"是否真的"太丰富了"这一问题。最后提出了自己的见解。

差不多先生传

这一期（《独立》一零三期）里有寿生先生的一篇文章，题为"我们要有信心"。在这文里，他提出一个大问题：中华民族真不行吗？他自己的答案是：我们是还有生存权的。我很高兴我们的青年在这种恶劣空气里还能保持他们对于国家民族前途的绝大信心。这种信心是一个民族生存的基础，我们当然是完全同情的。

可是我们要补充一点：这种信心本身要建筑在稳固的基础之上，不可站在散沙之上，如果信仰的根据不稳固，一朝根基动摇了，信仰也就完了。

寿生先生不赞成那些旧人"拿什么五千年的古国哟，精神文明哟，地大物博哟，来遮丑"，这是不错的。然而他自己提出的民族信心的根据，依我看来，文字上虽然和他们不同，实质上还是和他们同样的站在散沙之上，同样的挡不住风吹雨打。例如他说：我们今日之改进不如日本之速者，就是因为我们的固有文化太丰富了。富于创造性的人，个性必强，接受性就较缓。

这种思想在实质上和那五千年古国精神文明的迷梦是同样的无稽的夸大。第一，他的原则"富于创造性的人，个性必强，接受性就较缓"，这个大前提就是完全无稽之谈，就是懒惰的中国士大夫捏造出来替自己遮丑的胡说。事实上恰是相反的：凡富于创造性的人必敏于模仿，凡不善模仿的人决不能创造。创造是一个最误人的名词，其实创造只是模仿到十足时的一点点新花样。古人说的最好："太阳之下，没有新的东西。"一切所谓创造都从模仿出来。我们不要被新名词骗了。新名词的模仿就是旧名词的"学"字:"学之为言效也"是一句不磨的老话。例如学琴,必须先模仿琴师弹琴;学画必须先模仿画师作画;就是画自然界的景物,也是模仿。模仿熟了,就是学会了,工具用的熟了,方法练的细密了,有天才的人自然会"熟能生巧",这一点功夫到时的奇巧新花样就叫做创造。凡不肯模仿,就是不肯学人的长处。不肯学如何能创造?伽利略(Glileo)听说荷兰有个磨镜匠人做成了一座望远镜,他就依他听说的造法,自己制造了一座望远镜。这就是模仿,也就是创造。从十七世纪初年到如今,望远镜和显微镜都年年有进步,可是这三百年的进步,步步是模仿,也步步是创造。一切进步都是如此:没有一件创造不是先从模仿下手的。孔子说的好:三人行,必有我师焉:择其善者而从之,其不善者而改之。这就是一个圣人的模仿。懒人不肯模仿,所以决不会创造。一个民族也和个人一样,最肯学人的时代就是那个民族最伟大的时代;等到他不肯学人的时候,他的盛世已过去了,他已走上衰老僵化的时期了,我们中国民族最伟大的时代,正是我们最肯模仿四邻的时代:从汉到唐宋,一切建筑、绘画、雕刻、音乐、宗教、思想、算学、天文、工艺,那一件里没有模仿外国的重要成分?佛教和他带来的美术建筑,不用说了。从汉朝到今日,我们的历法改革,无一次不是采用外国的新法;最近三百年的历法是完全学西洋的,更不用说了。到了我们不肯学人家的好

差不多先生传

处的时候，我们的文化也就不进步了。我们到了民族中衰的时代，只有懒劲学印度人的吸食鸦片，却没有精力学满洲人的不缠脚，那就是我们自杀的法门了。

第二，我们不可轻视日本人的模仿。寿生先生也犯了一般人轻视日本的恶习惯，抹杀日本人善于模仿的绝大长处。日本的成功，正可以证明我在上文说的"一切创造都从模仿出来"的原则。寿生说：从唐以至日本明治维新，千数百年间，"日本有一件事足为中国取镜者吗？中国的学术思想在她手里去发展改进过吗？我们实无法说有"。

这又是无稽的诬告了。三百年前，朱舜水到日本，他居留久了，能了解那个岛国民族的优点，所以他写信给中国的朋友说，日本的政治虽不能上比唐虞，可以说比得上三代盛世。这是一个中国大学者在长期寄居之后下的考语。是值得我们的注意的。日本民族的长处全在他们肯一心一意的学别人的好处。他们学了中国的无数好处，但始终不曾学我们的小脚、八股文、鸦片烟。这不够"为中国取镜"吗？他们学别国的文化，无论在那一方面，凡是学到家的，都能有创造的贡献。这是必然的道理。浅见的人都说日本的山水人物画是模仿中国的；其实日本画自有他的特点，在人物方面的成绩远胜过中国画，在山水方面也没有走上四王的笨路。在文学方面，他们也有很大的创造。近年已有人赏识日本的小诗了。我且举一个大家不甚留意的例子。文学史家往往说日本的《源氏物语》等作品是模仿中国唐人的小说《游仙窟》等画的。现今《游仙窟》已从日本翻印回中国来了，《源氏物语》也有了英国人卫来先生（Athur Walcy）的五巨册的译本。我们若比较这两部画，就不能不惊叹日本人创造力的伟大。如果"源氏"真是从模仿《游仙窟》出来的，那真是徒弟胜过师傅千万倍了！寿生先生原文里批评日本的工商业，也是中了成见的毒。日本今日工商业的长足发展，虽然也受了生活程度比人低和货币低落的恩惠，但他的根基实在是全靠科学与工商业的进步。今日大阪与兰肯歇的竞争，骨子里还是新式工业与旧式工业的竞争。日本今日自造的纺织器是世界各国公认为最新最良的。今日英国纺织业也不能不购买日本的新机器了。这是从模仿到创造的最好的例子。不然，我们工人的工资比日本更低，货币平常也比日本钱更贱，为什么我们不能"与他国资本家抢商场"呢？我们到了今日，若还要抹煞事实，笑人模仿，而自居于"富于创造性者"的不屑模仿，那真是盲目的夸大狂了。

　　第三，再看看"我们的固有文化"是不是真的"太丰富了"。寿生和其他夸大本国固有文化的人们，如果真肯平心想想，必然也会明白这句话也是无根的乱谈。这个问题太大，不是这篇短文里所能详细讨论的，我只能指出几个比较重要之点。使人明白我们的固有文化实在是很贫乏的，谈不到"太丰富"的梦话。近代的科学文化，工业文化，我们可以撇开不谈，因为在那些方面，

差不多先生传

我们的贫乏未免太丢人了。我们且谈谈老远的过去时代罢。我们的周秦时代当然可以和希腊罗马相提并论,然而我们如果平心研究希腊罗马的文学、雕刻、科学、政治,单是这四项就不能不使我们感觉我们的文化的贫乏了。尤其是造形美术与算学的两方面,我们真不能不低头愧汗。我们试想想,"几何原本"的作者欧几里得正和孟子先后同时;在那么早的时代,在二千多年前,我们在科学上早已大落后了!(少年爱国的人何不试拿《墨子》"经上篇"里的三五条几何学界说来比较"几何原本"?)从此以后,我们所有的,欧洲也都有;我们所没有的,人家所独有的,人家都比我们强。试举一个例子:欧洲有三个一千年的大学,有许多个五百年以上的大学,至今继续存在,继续发展,我们有没有?至于我们所独有的宝贝,骈文、律诗、八股、小脚、太监、姨太太、五世同居的大家庭、贞节牌坊、地狱活现的监狱、廷杖、板子夹棍的法庭,……虽然"丰富",虽然"在这世界无不足以单独成一系统",究竟都是使我们抬不起头来的文物制度。即如寿生先生指出的"那更光辉万丈"的宋明理学,说起来也真正可怜!讲了七八百年的理学,没有一个理学圣贤去指出裹小脚是不人道的野蛮行为,只见大家崇信"饿死事极小,失节事极大"的吃人礼教:请问那万丈光辉究竟照耀到那里去了?

以上说的,都只是略略指出寿生先生代表的民族信心是建筑在散沙上面,经不起风吹草动,就会倒塌下来的。信心是我们需要的,但无根据的信心是没有力量的。

可靠的民族信心,必须建筑在一个坚固的基础之上,祖宗的光荣自是祖宗之光荣,不能救我们的痛苦羞辱。何况祖宗所建的基业不全是光荣呢?我们要指出:我们的民族信心必须站在"反省"的惟一基础之上。反省就是要闭门思过,要诚心诚意的想,我们祖宗的罪孽深重,我们自己的罪孽深重;要认清了罪孽所在,然后我们可以用全副精力去消灾灭罪。寿生先生引了一句"中国不亡是无天理"的悲叹词句,他也许不知道这句伤心的话是我十三四年前在中央公园后面柏树下对孙伏园先生说的,第二天被他记在《晨报》上,就流传至今。我说出那句话的目的,不是要人消极,是要人反省;不是要人灰心,是要人起信心,发下大弘誓来忏悔;来替祖宗忏悔,替我们自己忏悔;要发愿造新因来替代旧日种下的恶因。

今日的大患在于全国人不知耻。所以不知耻者,只是因为不曾反省。一个国家兵力不如人,被人打败了,被人抢夺了一大块土地去,这不算是最大的耻辱。一个国家在今日还容许整个的省分遍种鸦片烟,一个政府在今日还要依靠鸦片烟的税收——公卖税、吸户税、烟苗税、过境税——来做政府的收入的一部分,这是最大的耻辱。一个现代民族在今日还容许他们的最高官吏公然提倡什么"时轮金刚法会""息灾利民法会",这是最大的耻辱。一个国家有五千年的历史,而没有一个四十年的大学,甚至于没

差不多先生传

有一个真正完备的大学,这是最大的耻辱。一个国家能养三百万不能捍卫国家的兵,而至今不肯计划任何区域的国民义务教育,这是最大的耻辱。

真诚的反省自然发生真诚的愧耻。孟子说得好:"不耻不若人,何若人有?"真诚的愧耻自然引起向上的努力,要发弘愿努力学人家的好处,铲除自家的罪恶。经过这种反省与忏悔之后,然后可以起新的信心:要信仰我们自己正是拨乱反正的人,这个担子必须我们自己来挑起。三四十年的天足运动已经差不多完全铲除了小脚的风气:从前大脚的女人要装小脚,现在小脚的女人要装大脚了。风气转移得这样快,这不够坚定我们的自信心吗?

历史的反省自然使我们明了今日的失败都因为过去的不努力,同时也可以使我们格外明了"种瓜得瓜,种豆得豆"的因果铁律。铲除过去的罪孽只是割断已往种下的果。我们要收新果,必须努力造新因。祖宗生在过去的时代,他们没有我们今日的新工具,也居然能给我们留下了不少的遗产。我们今日有了祖宗不曾梦见的种种新工具,当然应该有比祖宗高明千百倍的成绩,才对得起这个新鲜的世界。日本一个小岛国,那么贫瘠的土地,那么少的人民,只因为伊藤博文、大久保利通、西乡隆盛等几十个人的努力,只因为他们肯拼命地学人家,肯拼命地用这个世界的新工具,居然在半个世纪之内一跃而为世界三五大强国之一。这不够鼓舞我们的信心吗?

反省的结果应该使我们明白那五千年的精神文明。那"光辉万丈"的宋明理学，那并不太丰富的固有文化，都是无济于事的银样蜡枪头。我们的前途在我们自己的手里。我们的信心应该望在我们的将来。我们的将来全靠我们下什么种，出多少力。"播了种一定会有收获，用了力决不至于白费"：这是翁文灏先生要我们有的信心。

（原题《信心与反省》）

九年的家乡教育

如果一个人能活到八十一岁，那么，他就会有九个九年。这篇自述文章，胡适洋洋洒洒用了近万字来写他人生中最初的九年在家乡所受到的教育，这九年的经历其实是他童年生活的写照。我们来看看他受到了怎样的教育吧！

胡适有个当官的父亲，可惜在他很小的时候就去世了；胡适有好几位同父异母的兄长，但是并没有帮到他什么；胡适有一位年轻寡居的明理的母亲，可以说是他人生的导师与明灯。在胡适早年的受教育过程中，父亲教他识了字，叔父、先生教他学书，母亲不仅愿意出大价钱请先生教他读书，而且更教会了他做人。这九年是在母亲严厉、慈爱教训下的九年，也是让胡适打下了学问根底和形成人生态度的九年。

作者对母亲的回忆充满了感激之情。他说："如果我学得了一丝一毫的好脾气，如果我学得了一点点待人接物的和气，如果我能宽恕人，体谅人，——我都得感谢我的慈母。"

一

我生在光绪十七年十一月十七日（1891年12月17日），那时候我家寄住在上海大东门外。我生后两个月，我父亲被台湾巡抚邵友濂奏调往台湾；江苏巡抚奏请免调，没有效果。我父亲于十八年二月底到台湾，我母亲和我搬到川沙住了一年。十九年（1893）二月二十六日我们一家（我母，四叔介如，二哥嗣秬，三哥嗣秠）也从上海到台湾。我们在台南住了十个月。十九年五月，我父亲做台东直隶州知州，兼统镇海后军各营。台东是新设的州，一切草创，故我父不能带家眷去。到十九年底，我们才到台东。我们在台东住了整一年。

甲午（1894）中日战争开始，台湾也在备战的区域，恰好介如四叔来台湾，我父亲便托他把家眷送回徽州故乡，只留二哥嗣秬跟着他在台东。我们于乙未年（1895）正月离开台湾，二月初十日从上海起程回绩溪故乡。

那年四月，中日和议成，把台湾割让给日本。台湾绅民反对割台，要求巡抚唐景崧坚守。唐景崧请西洋各国出来干涉，各国不允。台人公请唐为台湾民主国大总统，帮办军务刘永福为主军大总统。我父亲在台东办后山的防务，电报已不通，饷源已断绝。那时他已得脚气病，左脚已不能行动。他守到闰五月初三日，始离开后山。到安平时，刘永福苦苦留他帮忙，不肯放行。

差不多先生传

到六月二十五日，他双脚都不能动了，刘永福始放他行。六月二十八日到厦门，手足俱不能动了。七月初三日他死在厦门，成为东亚第一个民主国的第一个牺牲者！

这时候我只有三岁零八个月。我仿佛记得我父亲死信到家时，我母亲正在家中老屋的前堂，她坐在房门口的椅子上。她听见读信人读到我父亲的死信，身子往后一倒，连椅子倒在房门槛上。东边房门口坐的珍伯母也放声大哭起来。一时满屋都是哭声，我只觉得天地都翻覆了！我只仿佛记得这一点悽惨的情状，其余都不记得了。

二

我父亲死时，我母亲只有二十三岁。我父初娶冯氏，结婚不久便遭太平天国之乱，同治二年（1863）死在兵乱里。次娶曹氏，生了三个儿子，三个女儿，死于光绪四年（1878）。我父亲因家贫，又有志远游，故久不续娶。到光绪十五年（1889），他在江苏候补，生活稍稍安定，他才续娶我的母亲。我母亲结婚后三天，我的大哥嗣稼也娶亲了。那时我的大姊已出嫁生了儿子。大姊比我母亲大七岁。大哥比她大两岁。二姊是从小抱给人家的。三姊比我母亲小三岁，二哥三哥（孪生的）比她小四岁。这样一个家庭里忽然来了一个十七岁的后母，她的地位自然十分困难。

她的生活自然免不了苦痛。

结婚后不久，我父亲把她接到了上海同住。她脱离了大家庭的痛苦，我父又很爱她，每日在百忙中教她认字读书，这几年的生活是很快乐的。我小时也很得父亲钟爱，不满三岁时，他就把教我母亲的红纸方字教我认。父亲作教师，母亲便在旁作助教。我认的是生字，她便借此温她的熟字。他太忙时，她就是代理教师。我们离开台湾时，她认得了近千字，我也认了七百多字。这些方字都是我父亲亲手写的楷字，我母亲终身保存着，因为这些方块红笺上都是我们三个人的最神圣的团居生活的纪念。

我母亲二十三岁就做了寡妇，从此以后，又过了二十三年。这二十三年的生活真是十分苦痛的生活，只因为还有我这一点骨血，她含辛茹苦，把全副希望寄托在我的渺茫不可知的将来，这一点希望居然使她挣扎着活了二十三年。

我父亲在临死之前两个多月，写了几张遗嘱，我母亲和四个儿子每人各有一张，每张只有几句话。给我母亲的遗嘱上说糜儿（我的名字叫嗣糜，糜字音门）天资聪明，应该令他读书。给我的遗嘱也教我努力读书上进。这寥寥几句话在我的一生很有重大的影响。我十一岁的时候，二哥和三哥都在家，有一天我母亲问他们道："糜今年十一岁了。你老子叫他念书。你们看看他念书念得出吗？"二哥不曾开口，三哥冷笑道："哼，念书！"二哥始终没有说什么。我母亲忍气坐了一会，回到了房里才敢掉眼泪。她不

差不多先生传

敢得罪他们,因为一家的财政权全在二哥的手里,我若出门求学是要靠他供给学费的。所以她只能掉眼泪,终不敢哭。

但父亲的遗嘱究竟是父亲的遗嘱,我是应该念书的。况且我小时很聪明,四乡的人都知道三先生的小儿子是能够念书的。所以隔了两年,三哥往上海医肺病,我就跟他出门求学了。

三

我在台湾时,大病了半年,故身体很弱。回家乡时,我号称五岁了,还不能跨一个七八寸高的门槛。但我母亲望我念书的心很切,故到家的时候,我才满三岁零几个月,就在我四叔父介如先生(名玠)的学堂里读书了。我的身体太小,他们抱我坐在一只高凳子上面。我坐上了就爬不下来,还要别人抱下来。但我在学堂并不算最低级的学生,因为我进学堂之前已认得近一千字了。

因为我的程度不算"破蒙"的学生,故我不须念《三字经》《千字文》《百家姓》《神童诗》一类的书。我念的第一部书是我父亲自己编的一部四言韵文,叫做《学为人诗》,他亲笔抄写了给我的。这部书说的是做人的道理。我把开头几行抄在这里:

为人之道,在率其性。
子臣弟友,循理之正;

> 谨乎庸言，勉乎庸行；
> 以学为人，以期作圣。……

以下分说五伦。最后三节，因为可以代表我父亲的思想，我也抄在这里：

> 五常之中，不幸有变，
> 名分攸关，不容稍紊。
> 义之所在，身可以殉。
> 求仁得仁，无所尤怨。

> 古之学者，察于人伦，
> 因亲及亲，九族克敦；
> 因爱推爱，万物同仁。
> 能尽其性，斯为圣人。

> 经籍所载，师儒所述，
> 为人之道，非有他术：
> 穷理致知，返躬践实，
> 亹勉于学，守道勿失。

差不多先生传

我念的第二部书也是我父亲编的一部四言韵文,名叫《原学》,是一部略述哲理的书。这两部书虽是韵文,先生仍讲不了,我也懂不了。

我念的第三部书叫做《律诗六钞》,我不记是谁选的了。三十多年来,我不曾重见这部书,故没有机会考出此书的编者;依我的猜测,似是姚鼐的选本,但我不敢坚持此说。这一册诗全是律诗,我读了虽不懂得,却背得很熟。至今回忆,却完全不记得了。

我虽不曾读《三字经》等书,却因为听惯了别的小孩子高声诵读,我也能背这些书的一部分,尤其是那五七言的《神童诗》,我差不多能从头背到底。这本书后面的七言句子,如:

人心曲曲弯弯水,

世事重重叠叠山。

我当时虽不懂得其中的意义,却常常嘴上爱念着玩,大概也是因为喜欢那些重字双声的缘故。

我念的第四部书以下,除了《诗经》,就都是散文了。我依诵读的次序,把这些书名写在下面:

(4)《孝经》。

(5)朱子的《小学》,江永集注本。

（6）《论语》。以下四书皆用朱子注本。

（7）《孟子》。

（8）《大学》与《中庸》。（《四书》皆连注文读）。

（9）《诗经》，朱子集传本。（注文读一部分）。

（10）《书经》，蔡沈注本。（以下三书不读注文）。

（11）《易经》，朱子本义本。

（12）《礼记》，陈澔注本。

读到了《论语》的下半部，我的四叔父介如先生选了颍州府阜阳县的训导，要上任去了，就把家塾移交给族兄禹臣先生（名观象）。四叔是个绅董，常常被本族或外村请出去议事或和案子；他又喜欢打纸牌（徽州纸牌，每副一百五十五张），常常被明达叔公、映基叔、祝封叔、茂张叔等人邀去打牌。所以我们的功课很松，四叔往往在出门之前，给我们"上一进书"，叫我们自己念；他到天将黑时，回来一趟，把我们的习字纸加了圈，放了学，才又出门去。

四叔的学堂里只有两个学生，一个是我，一个是四叔的儿子嗣秅（shú），比我大几岁。嗣秅承继给瑜婶。（星五伯公的二子，珍伯瑜叔，皆无子，我家三哥承继珍伯，秅哥承继瑜婶。）她很溺爱他，不肯管束他，故四叔一走开，秅哥就溜到灶下或后堂去玩了。（他们和四叔住一屋，学堂在这屋的东边小屋内。）我的母亲管得严厉，我又不大觉得念书是苦事，故我一个人坐在学堂里

差不多先生传

温书念书,到天黑才回家。

禹臣先生接受家塾后,学生就增多了。先是五个,后来添到十多个,四叔家的小屋不够用了,就移到一所大屋——名叫来新书屋——里去。最初添的三个学生,有两个是守瓒叔的儿子,嗣昭、嗣逵。嗣昭比我大两三岁,天资不算笨,却不爱读书,最爱"逃学",我们土话叫做"赖学"。他逃出去,往往躲在麦田或稻田里,宁可睡在田里挨饿,却不愿念书。先生往往差嗣秋去捉;有时候,嗣昭被捉回来了,总得挨一顿毒打;有时候,连嗣秋也不回来了,——乐得不回来,因为这是"奉命差遣",不算是逃学!

我常觉得奇怪,为什么嗣昭要逃学?为什么一个人情愿挨饿挨打,挨大家笑骂,而不情愿念书?后来我稍懂得世事,才明白了。瓒叔自小在江西做生意,后来在九江开布店,才娶妻生子;一家人都说江西话,回家乡时,嗣昭弟兄都不容易改口音;说话改了,而嗣昭念书常带江西音,常常因此吃戒方或吃"作瘤栗"。(钩起五指,打在头上,常打起瘤子,故叫做"作瘤栗"。)这是先生不原谅,难怪他不愿念书。

还有一个原因。我们家乡的蒙馆学金太轻,每个学生每年只送两块银元。先生对于这一类学生,自然不肯耐心教书,每天只教他们念死书,背死书,从来不肯为他们"讲书"。小学生初念有韵的书,也还不十分叫苦。后来念《幼学琼林》,"四书"一类的散文，他们自然毫不觉得有趣味，因为全不懂得书中说的是什么。因为这个缘故，许多学生常常赖学；先有嗣昭，后来有个士祥，都是有名的"赖学胚"。他们都属于这每年两元钱的阶级。因为逃学，先生生了气，打得更厉害。越打得厉害，他们越要逃学。

我一个人不属于这"两元"的阶级，我母亲渴望我读书，故学金特别优厚，第一年就送六块钱，以后每年增加，最后一年加到十二元。这样的学金，在家乡要算"打破纪录"的了。我母亲大概是受了我父亲的叮嘱，她嘱托四叔和禹臣先生为我"讲书"：每读一字，须讲一字的意思；每读一句，须讲一句的意思。我先已认得了近千个"方字"，每个字都经过父母的讲解，故进学堂之后，不觉得很苦。念的几本书虽然有许多是乡里先生讲不明白的，但每天总遇着几句可懂的话。我最喜欢朱子《小学》里的记述古人行事的部分，因为那些部分最容易懂得，所以比较最有趣味。同学之中有念《幼学琼林》的，我常常帮他们的忙，教他们不认得的生字，因此常常借这些书看，他们念大字，我却最爱看《幼学琼林》的小注，因为注文中有许多神话和故事，比"四书"、"五经"有趣味多了。

有一天，一件小事使我忽然明白我母亲增加学金的大恩惠。一个同学的母亲来请禹臣先生代写家信给她的丈夫，信写成了，先生交她的儿子晚上带回家去。一会儿，先生出门去了，这位

差不多先生传

同学把家信抽出来偷看。他忽然过来问我道："糜，这信上第一句'父亲大人膝下'是什么意思？"他比我只小一岁，也念过"四书"，却不懂"父亲大人膝下"是什么！这时候，我才明白我是一个受特别待遇的人，因为别人每年出两块钱，我去年却送十块钱。我一生最得力的是讲书：父亲母亲为我讲方字，两位先生为我讲书。念古文而不讲解，等于念"揭谛揭谛，波罗揭谛"，全无用处。

四

当我九岁时，有一天我在四叔家东边小屋里玩耍。这小屋前面是我们的学堂，后边有一间卧房，有客来便住在这里。这一天没有课，我偶然走进那卧房里去，偶然看见桌子下一只美孚煤油板箱里的废纸堆中露出一本破书。我偶然捡起了这本书，两头都被老鼠咬坏了，书面也扯破了。但这一本破书忽然为我开辟了一个新天地，忽然在我的儿童生活史上打开了一个新鲜的世界！

这本破书原来是一本小字木板的《第五才子》，我记得很清楚，开始便是"李逵打死殷天锡"一回。我在戏台上早已认得李逵是谁了，便站在那只美孚破板箱边，把这本《水浒传》残本一口气看完了。不看尚可，看了之后，我的心里很不好过：这一本的前面是些什么？后面是些什么？这两个问题，我都不能回答，却最急要一个回答。

我拿了这本书去寻我的五叔，因为他最会"说笑话"（"说笑话"就是"讲故事"，小说书叫做"笑话书"），应该有这种笑话书。不料五叔竟没有这书，他叫我去寻守焕哥。守焕哥说："我没有《第五才子》，我替你去借一部；我家中有部《第一才子》，你先拿去看，好吧？"《第一才子》便是《三国演义》，他很郑重地捧出来，我很高兴地捧回去。

后来我居然得着《水浒传》全部。《三国演义》也看完了。从此以后，我到处去借小说看。五叔、守焕哥，都帮了我不少的忙。三姊夫（周绍瑾）在上海乡间周浦开店，他吸鸦片烟，最爱看小说书，带了不少回家乡；他每到我家来，总带些《正德皇帝下江南》，《七剑十三侠》一类的书来送给我。这是我自己收藏小说的起点。我的大哥（嗣稼）最不长进，也是吃鸦片烟的，但鸦片烟灯是和小说书常作伴的，——五叔、守焕哥、三姊夫都是吸鸦片烟的，——所以他也有一些小说书。大嫂认得一些字，嫁妆里带来了好几种弹词小说，如《双珠凤》之类。这些书不久都成了我的藏书的一部分。

三哥在家乡时多；他同二哥都进过梅溪书院，都做过南洋公学的师范生，旧学都有根底，故三哥看小说很有选择。我在他书架上只寻得三部小说：一部《红楼梦》，一部《儒林外史》，一部《聊斋志异》。二哥有一次回家，带了一部新译出的《经国美谈》，

差不多先生传

讲的是希腊的爱国志士的故事,是日本人做的。这是我读外国小说的第一步。

帮助我借小说最出力的是族叔近仁。就是民国十二年和顾颉刚先生讨论古史的胡堇人。他比我大几岁,已"开笔"做文章了,十几岁就考取了秀才。我同他不同学堂,但常常相见,成了最要好的朋友。他天才很高,也肯用功,读书比我多,家中也颇有藏书。他看过的小说,常借给我看,我借到的小说,也常借给他看。我们两人各有一个小手折,把看过的小说都记在上面,时时交换比较,看谁看的书多。这两个折子后来都不见了,但我记得离开家乡时,我的折子上好像已有了三十多部小说了。

这里所谓"小说",包括弹词,传奇,以及笔记小说在内。《双珠凤》在内,《琵琶记》也在内;《聊斋》《夜雨秋灯录》《夜谭随录》《兰苕馆外史》《寄园寄所寄》《虞初新志》等等也在内。从《薛仁贵征东》《薛丁山征西》《五虎平西》《粉妆楼》一类最无意义的小说,到《红楼梦》和《儒林外史》一类的第一流作品,这里面的程度已是天悬地隔了。我到离开家乡时,还不能了解《红楼梦》和《儒林外史》的好处。但这一大类都是白话小说,我在不知不觉之中得了不少的白话散文的训练,在十几年后于我很有用处。

看小说还有一桩绝大的好处,就是帮助我把文字弄通顺了。那时候正是废八股诗文的时代,科举制度本身也动摇了。二哥三哥在上海受了时代思潮的影响,所以不要我"开笔"做八股文,也不要我学做策论经义。他们只要先生给我讲书，教我读书。但学堂念的书，越到后来，越不好懂了，《诗经》起初还好懂，读到《大雅》，就难懂了；读到《周颂》，更不可懂了。《书经》有几篇，如《五子之歌》，我读得很起劲；但《盘庚》三篇，我总读不熟。我在学堂九年，只有《盘庚》害我挨了一次打。后来隔了十多年，我才知道《尚书》有今文和古文两大类，向来学者都说古文诸篇是假的，今文是真的；《盘庚》属于今文一类，应该是真的。但我研究《盘庚》用的代名词最杂乱不成条理，故我总疑心这三篇是后人假造的。有时候，我自己想，我的怀疑《盘庚》，也许暗中含有报那一个"作瘤栗"的仇恨的意味吧？

《周颂》《尚书》《周易》等书都是不能帮助我作通顺文字的。但小说书却给了我绝大的帮助。从《三国演义》读到《聊斋志异》和《虞初新志》，这一跳虽然跳得太远，但因为书中的故事实在有趣味，所以我能细细读下去。石印本的《聊斋志异》有圈点，所以更容易读。到我十二三岁时，已能对本家姊妹们讲说《聊斋》故事了。那时候，四叔的女儿巧菊，禹臣先生的妹子广菊多菊，祝封叔的女儿杏仙，和本家侄女翠苹定娇等，都在十五六岁之间；她们常常邀我去，请我讲故事。我们平常请五叔讲故事时，忙着替他点火，装旱烟，替他捶背，现在轮到我受人巴结了。我不用人装烟捶背，她们听我说完故事，总去泡炒米，或做蛋炒饭来请我吃。她们绣花做鞋，我讲《凤仙》《莲香》《张鸿渐》《江

差不多先生传

城》。这样的讲书，逼我把古文的故事翻译成绩溪土话，使我更了解古文的文理。所以我到十四岁来上海开始作古文时，就能做很像样的文字了。

五

我小时候身体弱，不能跟着野蛮的孩子们一块儿玩。我母亲也不准我和他们乱跑乱跳。小时不曾养成活泼游戏的习惯，无论在什么地方，我总是文绉绉的。所以家乡老辈都说我"像个先生样子"，遂叫我做"穈先生"。这个绰号叫出去之后，人都知道三先生的小儿子叫做穈先生了。既有"先生"之名，我不能不装出点"先生"样子，更不能跟着顽童们"野"了。有一天，我在我家八字门口和一班孩子"掷铜钱"，一位老辈走过，见了我，笑道："穈先生也掷铜钱吗？"我听了羞愧得面红耳热，觉得大失了"先生"的身份！

大人们鼓励我装先生样子，我也没有嬉戏的能力和习惯，又因为我确是喜欢看书，所以我一生可算是不曾享过儿童游戏的生活。每年秋天，我的庶祖母同我到田里去"监割"（顶好的田，水旱无忧，收成最好，佃户每约田主来监割，打下谷子，两家平分），我总是坐在小树下看小说。十一二岁时，我稍活泼一点，居然和一群同学组织了一个戏剧班，做了一些木刀竹枪，借得了几副假胡须，就在村口田里做戏。我做的往往是诸葛亮、刘备一类的文角儿；只有一次我做史文恭，被花荣一箭从椅子上射倒下去，这算是我最活泼的玩艺儿了。

我在这九年（1895—1904）之中，只学得了读书写字两件事。在文字和思想（看下章）的方面，不能不算是打了一点底子。但别的方面都没有发展的机会。有一次我们村里"当朋"（凡五村，称为"五朋"，每年一村轮着做太子会，名为"当朋"），筹备太子会，有人提议要派我加入前村的昆腔队里学习吹笙或吹笛，族里长辈反对，说我年纪太小，不能跟着太子会走遍五朋。于是我失掉了这学习音乐的惟一机会。三十年来，我不曾拿过乐器，也全不懂音乐；究竟我有没有一点学音乐的天资，我至今还不知道。至于学图画，更是不可能的事。我常常用竹纸蒙在小说书的石印绘像上，摹画书上的英雄美人。有一天，被先生看见了，挨了一顿大骂，抽屉里的图画都被搜出撕毁了。于是我又失掉了学做画家的机会。

但这九年的生活，除了读书看书之外，究竟给了我一点做人的训练。在这一点上，我的恩师就是我的慈母。

每天天刚亮时，我母亲就把我喊醒，叫我披衣坐起。我从不知道她醒来坐了多久了。她看见我清醒了，才对我说昨天我做错了什么事，说错了什么话，要我认错，要我用功读书。有时候她对我说父亲的种种好处，她说："你总要踏上你老子的脚步。我一

差不多先生传

生只晓得这一个完全的人,你要学他,不要跌他的股。"(跌股便是丢脸,出丑。)她说到伤心处,往往掉下泪来。到天大明时,她才把我的衣服穿好,催我去上早学。学堂门上的锁匙放在先生家里;我先到学堂门口一望,便跑到先生家里去敲门。先生家里有人把锁匙从门缝里递出来,我拿了跑回去,开了门,坐下念生书。十天之中,总有八九天我是第一个去开学堂门的。等到先生来了,我背了生书,才回家吃早饭。

我母亲管束我最严,她是慈母兼任严父。但她从来不在别人面前骂我一句,打我一下。我做错了事,她只对我一望,我看见了她的严厉眼光,就吓住了。犯的事小,她等到第二天早晨我眼醒时才教训我。犯的事大,她等到晚上人静时,关了房门,先责备我,然后行罚,或罚跪,或拧我的肉。无论怎样重罚,总不许我哭出声音来。她教训儿子不是借此出气叫别人听的。

有一个初秋的傍晚,我吃了晚饭,在门口玩,身上只穿了一件单背心。这时候我母亲的妹子玉英姨母在我家住,她怕我冷,拿了一件小衫出来叫我穿上。我不肯穿,她说:"穿上吧,凉了。"我随口回答:"娘(凉)什么!老子都不老子呀。"我刚说了这句话,一抬头,看见母亲从家里走出,我赶快把小衫穿上。但她已听见这句轻薄的话了。晚上人静后,她罚我跪下,重重地责罚了一顿。她说:"你没了老子,是多么得意的事!好用来说嘴!"她气得坐着发抖,也不许我上床去睡。我跪着哭,用手擦眼泪,不知擦进

晚上人静后,她罚我跪下,重重地责罚了一顿。

胡适

了什么微菌，后来足足害了一年的眼翳病。医来医去，总医不好。我母亲心里又悔又急，听说眼翳可以用舌头舔去，有一夜她把我叫醒，她真用舌头舔我的病眼。这是我的严师，我的慈母。

我母亲二十三岁做了寡妇，又是当家的后母。这种生活的痛苦，我的笨笔写不出一万分之一二。家中财政本不宽裕，全靠二哥在上海经营调度。大哥从小就是败子，吸鸦片烟、赌博，钱到手就光，光了就回家打主意，见了香炉就拿出去卖，捞着锡茶壶就拿出去押。我母亲几次邀了本家长辈来，给他定下每月用费的数目。但他总不够用，到处都欠下烟债赌债。每年除夕我家中总有一大群讨债的，每人一盏灯笼，坐在大厅上不肯去。大哥早已避出去了。大厅的两排椅子上满满的都是灯笼和债主。我母亲走进走出，料理年夜饭、谢灶神、压岁钱等事，只当做不曾看见这一群人。到了近半夜，快要"封门"了，我母亲才走后门出去，央一位邻舍本家到我家来，每一家债户开发一点钱。做好做歹的，这一群讨债的才一个一个提着灯笼走出去。一会儿，大哥敲门回来了。我母亲从不骂他一句。并且因为是新年，她脸上从不露出一点怒色。这样的过年，我过了六七次。

大嫂是个最无能而又最不懂事的人，二嫂是个很能干而气量很窄小的人。她们常常闹意见，只因为我母亲的和气榜样，她们还不曾有公然相骂相打的事。她们闹气时，只是不说话，不答话，把脸放下来，叫人难看；二嫂生气时，脸色变青，更是怕

差不多先生传

人。她们对我母亲闹气时，也是如此。我起初全不懂得这一套，后来也渐渐懂得看人的脸色了。我渐渐明白，世间最可厌恶的事莫如一张生气的脸；世间最下流的事莫如把生气的脸摆给旁人看。这比打骂还难受。

我母亲的气量大，性子好，又因为做了后母后婆，她更事事留心，事事格外容忍。大哥的女儿比我只小一岁，她的饮食衣料总是和我的一样。我和她有小争执，总是我吃亏，母亲总是责备我，要我事事让她。后来大嫂二嫂都生了儿子了，她们生气时便打骂孩子来出气，一面打，一面用尖刻有刺的话骂给别人听。我母亲只装听不见。有时候，她实在忍不住了，便悄悄走出门去，或到左邻立大嫂家去坐一会，或走后门到后邻度嫂家去闲谈。她从不和两个嫂子吵一句嘴。

每个嫂子一生气，往往十天半个月不歇，天天走进走出，板着脸，咬着嘴，打骂小孩子出气。我母亲只忍耐着，忍到实在不可再忍的一天，她也有她的法子。这一天的天明时，她就不起床，轻轻地哭一场。她不骂一个人，只哭她的丈夫，哭她自己命苦，留不住她的丈夫来照管她。她先哭时，声音很低，渐渐哭出声来。我醒了起来劝她，她不肯住。这时候，我总听得见前堂（二嫂住前堂东房）或后堂（大嫂住后堂西房）有一扇房门开了，一个嫂子走出房向厨房走去。不多一会，那位嫂子来敲我们的房门了。我开了房门，她走进来，捧着一碗热茶，送到我母亲床前，劝她止哭，请她喝口热茶。我母亲慢慢停住哭声，伸手接了茶碗。那位嫂子站着劝一会，才退出去。没有一句话提到什么人，也没有一个字提到这十天半个月来的气脸，然而各人心里明白，泡茶进来的嫂子总是那十天半个月来闹气的人。奇怪得很，这一哭之后，至少有一两个月的太平清静日子。

我母亲待人最仁慈，最温和，从来没有一句伤人感情的话。但她有时候也很有刚气，不受一点人格上的侮辱。我家五叔是个无正业的浪人，有一天在烟馆里发牢骚，说我母亲家中有事总请某人帮忙，大概总有什么好处给他。这句话传到了我母亲耳朵里，她气得大哭，请了几位本家来，把五叔喊来，她当面质问他她给了某人什么好处。直到五叔当众认错赔罪，她才罢休。

我在我母亲的教训之下住了九年，受了她的极大极深的影响。我十四岁（其实只有十二岁零两三个月）就离开她了，在这广漠的人海里独自混了二十多年，没有一个人管束过我。如果我学得了一丝一毫的好脾气，如果我学得了一点点待人接物的和气，如果我能宽恕人，体谅人，——我都得感谢我的慈母。

（原载于1930年5月《新月》第3卷第3期，署名胡适。后收入上海亚东图书馆1933年9月初版《四十自述》。）

平绥路旅行小记

　　这篇旅行游记主要写了两部分内容，一是平绥铁路经过整顿，得到了很大的改善，二是介绍云冈石窟。文章前半部分写作者一行人此次出游的第一个目的，是要验证一下这条铁路在短期内得到改造而创下的奇迹。这是因为统一的中央政治局面取代了以前的军阀割据局面，也是得益于康奈尔校友的聪明才智和全力投入。

　　文章后半部分写此次旅行的另一个目的——游览云冈石窟。到了这里才知道，这儿"不是几个钟头看得完的"，作者一行人只逗留了两个多钟头。但是，就这两个多钟头的游览观摩，作者能写出这么具体的介绍文字和学术推论，足见其学问功底的深厚，观察水平的高超。尽管学术性很强，但通篇语句浅显，通俗易懂。

从七月三日到七月七日，我们几个朋友——金旬卿先生，金仲藩先生和他的儿子建午，任叔永先生和他的夫人陈衡哲女士，我和我的儿子思杜，共七人——走遍了平绥铁路的全线，来回共计一千六百公里。我们去的时候，一路上没有停留，一直到西头的包头站；在包头停了半天，回来的路上在绥远停了一天，大同停了大半天，张家口停了几个钟头。这是很匆匆的旅行，谈不到什么深刻的观察，只有一些初次的印象，写出来留作日后重游的资料。（去年七月，燕京大学顾颉刚、郑振铎、吴文藻、谢冰心诸先生组织了一个平绥路沿线旅行团，他们先后共费了六星期，游览的地方比我们多。冰心女士有几万字的《平绥沿线旅行记》；郑振铎先生等有《西北胜迹》，都是平绥路上游人不可少的读物。）

我们这一次同行的人都是康奈尔大学的旧同学，也可以说是一个康奈尔同学的旅行团。金旬卿先生（涛）是平绥路的总工程师，他是我们康奈尔同学中的前辈。现任的平绥路局长沈立孙先生（昌）也是康奈尔的后期同学。平绥路上向来有不少的康奈尔同学担任机务工务的事；这两年来平绥路的大整顿更是金沈两位努力的成绩。我们这一次旅行的一个目的是要参观这几个同学在短时期中造成的奇迹。

平绥路自从民国十二年以来，屡次遭兵祸，车辆桥梁损失最大。民国十七八年时，机车只剩七十二辆，货车只剩五百八十三

差不多先生传

辆（抵民国十三年的三分之一），客车只剩三十二辆（抵民国十五年的六分之一），货运和客运都不能维持了。加上政治的紊乱，管理的无法，债务的累积，这条铁路就成了全国最破旧最腐败的铁路。丁在君先生每回带北大学生去口外作地质旅行回来，总对我们诉说平绥路的腐败情形；他在他的《苏俄游记》里，每次写火车上的痛苦，也总提出平绥路来作比较。我在北平住了这么多年，到去年才去游长城，这虽然是因为我懒于旅行，其实一半也因为我耳朵里听惯了这条路腐败得可怕。

但我们这一次旅行平绥路全线，真使我们感觉一种奇迹的变换。车辆（机车、货车、客车）虽然还没有完全恢复此路全盛时期的辆数，然而修理和购买的车辆已可以勉强应付全路的需要了。特别快车的整理，云冈与长城的特别游览车的便利，是大家知道的。有一些重要而人多忽略的大改革，是值得记载的：（一）枕木的改换。全路枕木一百五十多万根，年久了，多有朽坏；这两年中，共换了新枕木六十万根。（二）造桥。全路约有桥五百孔，两年中改造的已有一百多孔；凡新造的桥，都用钢梁，增加原有的载重量。（三）改线。平绥路有些地方，坡度太陡，弯线太紧，行车很困难，故有改路线的必要。最困难的是那有名的"关沟段"（自南口起至康庄止）。这两年中，改线的路已成功的约有十一英里。

平绥路的最大整顿是债务的清理。这条路在二十多年前，借内外债总额为七千六百余万元，当金价高涨时，约值一万万元。而全路的财产不过值六千万元。所以人都说平绥是一条最没有希望的路。沈立孙局长就职后，他决心要整理本路的债务。他的办法是把债务分作两种，本金在十万元以上的债款为巨额债户，十万元以下的为零星债户。零星债款的偿还有两个办法：一为按本金折半，一次付清，不计利息；一为按本金全数分六十期摊还，也不计利息。巨额债款的偿还办法是照一本一利分八百期摊还。巨额债户之中，有几笔很大的外债，如美国的泰康洋行，如日本的三井洋行与东亚兴业株式会社，都是大债主。大多数债户对于平绥路，都是久已绝望的，现在平绥路有整理债务的方案出来，大家都喜出望外，所以都愿意迁就路局的办法。所以第一年整理的结果，就清理了六十二宗借款，原欠本利总数为六千一百八十五万余元，占全路总债额的十分之八，清理之后，减折作三千六百三十万余元。所以一年整理的结果居然减少了二千五百五十万元的负债，这真可说是一种奇迹了。

我常爱对留学回来的朋友讲一个故事。十九世纪中，英国有一个宗教运动，叫做"牛津运动"（Oxford Movement），其中有一个领袖就是后来投入天主教，成为主教的牛曼（Cardinal Newman）。牛曼和他的同志们做了不少的宗教诗歌，写在一本小册子上；在册子的前面，牛曼题了一句荷马的诗，他自己译成英文：You shall see the difference, now that we are back

差不多先生传

again，我曾译成中文，就是："现在我们回来了，你们请看，要换个样子了。"我常说，个个留学生都应该把这句话刻在心上，做我们的口号。可惜许多留学回来的朋友都没有这种气魄敢接受这句口号。这一回我们看了我们的一位少年同学（沈局长今年只有三十一岁）在最短时期中把一条最腐败的铁路变换成一条最有成绩的铁路，可见一二人的心力真可以使山河变色，牛曼的格言是不难做到的。

　　当然，平绥路的改革成绩不全是一二人的功劳。最大的助力是中央政治的权力达到了全路的区域。这条路经过四省（河北、察、山西、绥），若如从前的割据局势，各军队可以扣车，可以干涉路政，可以扣留路款，可以随便作战，那么，虽有百十个沈昌，也不会有成绩。现在政治统一的势力能够达到全路，所以全路的改革能逐渐实行。现在平绥路每月只担负北平军分会的经费六十万元，此外各省从不闻有干涉铁路收入的事；察哈尔和绥远两个省政府各留一辆包车，此外也绝无扣车的事。现在各省的军政领袖也颇能明白铁路上的整顿有效就是直接间接的增加各省府的财政收入，所以他们也都赞助铁路当局的改革工作。这都可见政治统一是内政一切革新的基本条件。有了这个基本条件，加上个人的魄力与新式的知识训练，肯做事的人断乎不怕没有好成绩的。

我们这回旅行的另一个目的是游览大同的云冈石窟。我个人抱了游云冈的心愿，至少有十年了，今年才得如愿，所以特别高兴。我们到了云冈，才知道这些大石窟不是几个钟头看得完的，至少须要一个星期的详细攀登赏玩，还要带着很好的工具，才可以得着一些正确的印象。我们在云冈勾留了不过两个多钟头，当然不能作详细的报告。

云冈在大同的西面，在武州河的西岸，古名武州塞，又称武州山。从大同到此，约三十里，有新修的汽车路，虽须两次涉武州河，但道路很好，大雨中也不觉得困难。云冈诸石窟，旧有十大寺，久已毁坏。顺治八年总督佟养量重修其一小部分，称为石佛古寺。这一部分现存两座三层楼，气象很狭小简陋，决不是原来因山造寺的大规模。两楼下各有大佛，高五丈余，从三层楼上才望见佛头。这一部分，清朝末年又重修过，大佛都被装金，岩上石刻各佛也都被装修涂彩，把原来雕刻的原形都遮掩了。

道宣《续高僧传》卷一《昙曜传》说：

昙曜……住恒安石窟通乐寺，即魏帝之所造也。去恒安西北三十里，武州山谷北面石岩，就而镌之，建立佛寺，名曰灵岩。龛之大者，举高二十余丈，可受三千许人。面别镌象，穷诸巧丽；龛别异状，骇动人神。栉比相连，三十余里。东头僧寺，恒供千人。碑碣现存，

差不多先生传

未卒陈委。

以我们所见诸石窟,无有"可受三千许人"的龛,也无有能"恒供千人"的寺。大概当日石窟十寺的壮丽弘大,已非我们今日所能想象了。大凡一个宗教的极盛时代,信士信女都充满着疯狂的心理,烧臂焚身都不顾惜,何况钱绢的布施?所以六朝至唐朝的佛寺的穷极侈丽,是我们在这佛教最衰微的时代不能想象的。北魏建都大同,《魏书·释老志》说,当太和初年(477),"京城内寺,新旧且百所,僧尼二千余人。四方诸寺六千四百七十八,僧尼七万七千二百五十八人"。太和十七年(493)迁都洛阳,杨衒之在《洛阳伽蓝记序》中说:"京城表里凡有一千余寺。"杨衒之在东魏武定五年(547)重到洛阳,他只看见:

城廓崩毁,宫室倾覆,寺现灰烬,庙塔丘墟。墙被蒿艾,巷罗荆棘。野兽穴于荒阶,山鸟巢于庭树;游儿牧竖踯躅于九逵,农夫耕稼艺黍于双阙。

我们在一千五百年后来游云冈,只看见这一座很简陋的破寺,寺外一道残破的短墙,包围着七八处大石窟;短墙之西,还有九个大窟,许多小窟,面前都有贫民的土屋茅篷,猪粪狗粪满路都是,石窟内也往往满是鸽翎与鸽粪,又往往可以看见乞丐住宿过的痕迹。大像身上有许多大大小小的圆孔，当初都是镶嵌珠宝的，现在都挖空了；大像的眼珠都是用一种黑石磋光了嵌进去的，现在只有绝少数还存在了。诸窟中的小像，凡是砍得下的头颅，大概都被砍下偷卖掉了。佛力久已无灵，老百姓没有饭吃，要借诸佛的头颅和眼珠子卖几块钱来活命，还不是很正当的吗？

日本人佐藤孝任曾在云冈住了一个月，写了一部《云冈大石窟》（华北正报社出版），记载此地许多石窟的情形很详细，附图很多，有不能照相的，往往用笔速写勾摹，所以是一部很有用的云冈游览参考书。佐藤把云冈分作三大区：

东方四大窟

中央十大窟　（在围墙内）

西方九大窟

西端诸小窟

东方诸窟散在武州河岸，我们都没有去游。西端诸窟，我们也不曾去。我们看的是中央十窟和西方九窟。我们平日在地理书或游览书上最常见的露天大佛（高五丈多），即在西方的第九窟。我们看这露天大石佛和他的背座，可以想象此大像当日也曾有龛有寺，寺是毁了，龛是被风雨侵蚀过甚（此窟最当北风，故受侵蚀最大），也坍塌了。

差不多先生传

依我的笨见看来,此间的大佛都不过是大的可惊异而已,很少艺术的意味。最有艺术价值是壁上的浮雕,小龛的神像,技术是比较自由的,所以创作的成分往往多于模仿的成分。

中央诸窟,因为大部分曾经后人装金涂彩,多不容易看出原来的雕刻艺术。西方诸窟多没有重装重涂,又往往受风雨的侵蚀,把原来的斧凿痕都销去了,所以往往格外圆润老拙的可爱。此山的岩石是砂岩,最容易受风蚀;我们往往看见整块的几丈高岩上成千的小佛像都被磨蚀到仅仅存一些浅痕了。有许多浮雕连浅痕也没有了,我们只能从他们旁边雕刻的布置,推想当年的痕迹而已。

因此我们得两种推论:第一,云冈诸石窟是一千五百年前的佛教美术的一个重要中心,从宗教史和艺术史的立场,都是应该保存的。一千五百年中,天然的风蚀,人工的毁坏,都已糟蹋了不少了。国家应该注意到这一个古雕刻的大结集,应该设法保护它,不但要防人工的继续偷毁,还要设法使它可以避免风雨沙田的侵蚀。

第二,我们还可以作一个历史的推论。唐初的道宣在《昙曜传》里说到武州山的石窟寺,有"碑碣见存"的一句话。何以今日云冈诸窟竟差不多没有碑记可寻呢?何以古来记录山西金石的书(如胡聘之的《山右石刻丛编》)都不曾收有云冈的碑志呢?我们可以推想,当日的造像碑碣,刻在沙岩之上,凡露在风日侵蚀之下的，都被自然磨灭了。碑碣刻字都不很深，浮雕的佛像尚且被风蚀了，何况浅刻的碑字呢？

马叔平先生说，云冈现存三处古碑碣。我只见一处。郑振铎先生记载着"大茹茹"刻石，可辨认的约有二十字，此碑我未见。其余一碑，似乎郑先生也未见。我见的一碑在佐藤书中所谓"中央第七窟"的石壁很高处，此壁在里层，不易被风蚀，故全碑约三百五十字，大致都还可读。此碑首行有"邑师法宗"四字，似乎是撰文的人。文中说：

> 太和七年（483）岁在癸亥八月三十日邑□信士女等五十四人……遵值圣主，道教天下，绍隆三宝，……乃使长夜改昏，久寝斯悟。弟子等……意欲仰酬洪泽，……是以共相劝合，为国兴福，敬造石膺形象九十五区，及诸菩萨。……

造像碑文中说造形像九十五区，证以龙门造像碑记，"区"字后来多作"躯"字，此指九十五座小像，"及诸菩萨"乃是大像。此碑可见当日不但帝后王公出大财力造此大石窟，还有不少私家的努力；如此一大窟乃是五十四个私人的功力，可以想见当日信力之强，发愿之弘大了。

云冈旧属朔平府左云县。关于石窟的记载，《山西通志》（雍

差不多先生传

正间觉罗石麟修）与《朔平府志》都说：

> 石窟十寺，……后魏建，始神瑞（414—415），终正光（520—524），历百年而工始竣。其寺一同升，二灵光，三镇国，四护国，五崇福。六童子，七能仁，八华严，九天宫，十兜率。孝文帝亟游幸焉。内有元时石佛二十龛。（末句《嘉庆一统志》，作"内有元载所修石佛十二龛"。元载是唐时宰相。《一统志》似有所据，《通志》与《府志》似是妄改的。）

神瑞是在太武帝毁佛法之前，而正光远在迁都洛阳之后。旧志所记，当有所本。大概在昙曜以前，早已有人依山岩凿石龛刻佛像了。毁法之事（446—451）使一般佛教徒感觉到政治权力可以护法，也可以根本铲除佛法。昙曜大概从武州塞原有的石龛得着一个大暗示，他就发大愿心，要在那坚固的沙岩之上，凿出大石窟，雕出绝大的佛像，要使这些大石窟和大石像永远为政治势力所不能摧毁。《魏书·释老志》记此事的年月不很清楚，大概他干这件绝大工程当在他做"沙门统"的任内。《释老志》记他代师贤为"沙门统"，在和平初年（约460），后文又记尚书令高肇引"故沙门统昙曜昔于承明元年（476）奏"，可知昙曜的"沙门统"至少做了十七八年。这是国家统辖佛教徒的最高官。他又能实行一种大规模的筹款政策（见《释老志》），所以他能充分用国家和全国佛教徒的财力来"凿山石壁，开窟五所，镌造佛像各一，高者七十尺，次六十尺，雕饰奇伟，冠于一世"。我们可以说，云冈的石窟虽起源在五世纪初期，但伟大的规模实创始于五世纪中叶以后昙曜作沙门统的时代。后来虽然迁都了，代都的石刻工程还继续到六世纪的初期，而洛都的皇室与佛教徒又在新京的伊阙山"准代京灵岩寺石窟"开凿更伟大的龙门石窟了。（龙门石窟开始于景明初，当西历五百年，至隋唐尚未歇。）故昙曜不但是云冈石窟的设计者，也可以说是伊阙石窟的间接设计者了。

昙曜凿石作大佛像，要使佛教和岩石有同样的坚久，永不受政治势力的毁坏。这个志愿是很可钦敬的。只可惜人们的愚昧和狂热都不能和岩石一样的坚久！时势变了，愚昧渐渐被理智风蚀了，狂热也渐渐变冷静了。岩石凿的六丈大佛依然挺立在风沙里，而佛教早已不用"三武一宗"的摧残而自己毁灭了，销散了。云冈伊阙只够增加我们吊古的感喟，使我们感叹古人之愚昧与狂热真不可及而已！

二十四，七，二十八夜。
（原载于1935年8月4日《独立评论》第162号，
署名胡适，未收集。）

庐山游记（节选）

　　庐山位于江西省北部，以雄、奇、险、秀闻名于世，素有"匡庐奇秀甲天下"的美誉，与鸡公山、北戴河、莫干山并称"四大避暑胜地"。巍峨挺拔的青峰秀峦、喷雪鸣雷的银泉飞瀑、瞬息万变的云海奇观、俊奇巧秀的园林建筑，一展庐山的无穷魅力。作为久负盛名的风景名胜区和避暑胜地，历代文人墨客来这里游览之后总会留下一些诗篇和文章，如李白的《望庐山瀑布》、苏轼的《题西林壁》等。

　　这篇游记，作者也是从自然景观和人文景观两方面着墨，从海会寺到白鹿洞，再到万杉寺、秀峰寺、开先寺，最后夜宿归宗寺。一路走来，一路介绍，有白鹿洞的朗朗书声，有成片嫣红的杜鹃花，有撼人心魄的松涛声，还有气势磅礴的瀑布水……景色美不胜收，让我们跟着作者一行人的脚步去细细品味吧！

昨夜大雨，终夜听见松涛声与雨声，初不能分别，听久了才分得出有雨时的松涛与雨止时的松涛，声势皆很够震动人心，使我终夜睡眠甚少。

早起雨已止了，我们就出发。从海会寺到白鹿洞的路上，树木很多，雨后青翠可爱。满山满谷都是杜鹃花，有两种颜色，红的和轻紫的，后者更鲜艳可喜。去年过日本时，樱花已过，正值杜鹃花盛开，颜色种类很多，但多在公园及私人家宅中见之，不如今日满山满谷的气象更可爱。因作绝句记之：

长松鼓吹寻常事，最喜山花满眼开。
嫩紫鲜红都可爱，此行应为杜鹃来。

到白鹿洞。书院旧址前清时用作江西高等农业学校，添有校舍，建筑简陋潦草，真不成个样子。农校已迁去，现设习林事务所。附近大松树都钉有木片，写明保存古松第几号。此地建筑虽极不堪，然洞外风景尚好。有小溪，浅水急流，琤琮可听；溪名贯道溪，上有石桥，即贯道桥，皆朱子①起的名字。桥上望见洞后诸松中一松有紫藤花直上到树杪（miǎo），藤花正盛开，艳

---

① 即朱熹（1130—1200），南宋哲学家、教育家。

差不多先生传

丽可喜。

白鹿洞本无洞；正德①中，南康守王溱开后山作洞，知府何濬凿石鹿置洞中。这两人真是大笨伯！

白鹿洞在历史上占一个特殊地位，有两个原因。第一，因为白鹿洞书院是最早一个书院。南唐昇元（937—942）中建为庐山国学，置田聚徒，以李善道为洞主。宋初因置为书院，与睢阳、石鼓、岳麓三书院并称为"四大书院"②，为书院的四个祖宗。第二，因为朱子重建白鹿洞书院，明定学规，遂成后世几百年"讲学式"的书院的规模。宋末以至清初的书院皆属于这一种。到乾隆以后，朴学之风气已成，方才有一种新式的书院起来；阮元③所创的诂经精舍、学海堂，可算是这种新式书院的代表。南宋的书院祀北宋周邵程④诸先生；元明的书院祀程朱⑤；晚明的书院多祀阳明；王学衰后，书院多祀程朱。乾嘉以后的书院乃不祀理学家而改祀许慎

---

① 正德：明武宗（朱厚照）的年号（1506—1521）。
② 四大书院：《玉海》列为宋初四大书院是指湖南岳麓书院、江西白鹿洞书院、登封嵩阳书院和商丘应天府书院（亦称睢阳书院）。《文献通考·学校》所列的宋初四大书院指：岳麓书院、白鹿洞书院、石鼓书院、应天府书院。
③ 阮元（1764—1849）：清学者。乾隆进士。曾在杭州创立诂经精舍、在广州创立学海堂书院。
④ 周邵程：周，即周敦颐（1017—1073），北宋哲学家，字茂叔。邵，即邵雍（1011—1077），北宋哲学家，字尧夫。程，即程颢（1032—1085）、程颐（1033—1107）兄弟，他俩都是周敦颐的学生，同为北宋哲学家、教育家。颢，字伯淳。颐，字正叔。
⑤ 程朱：程，即程氏兄弟。朱，即朱熹。

郑玄①等。所祀的不同便是这两大派书院的根本不同。

朱子立白鹿洞书院在淳熙己亥（1178），他极看重此事，曾札上丞相说：

> 愿得比祠官例，为白鹿洞主，假之稍廪，使得终与诸生讲习其中，犹愈于崇奉异教香火，无事而食也。（《庐山志》八，页二，引《洞志》。）

他明明指斥宋代为道教宫观设祀官的制度，想从白鹿洞开一个儒门创例来抵制道教。他后来奏对孝宗，申说请赐书院额，并赐书的事，说：

> 今老佛之宫布满天下，大都逾百，小邑亦不下数十，而公私增益势犹未已。至于学校，则一郡一邑仅置一区，附廓之县又不复有。盛衰多寡相悬如此！（同上，页三。）

这都可见他当日的用心。他定的《白鹿洞规》，简要明白，遂成为后世七百年的教育宗旨。

---

① 许慎（约58—约147），东汉经学家、文字学家。字叔重，汝南召陵（今河南郾城）人。郑玄（127—200），东汉经学家。字康城，北海高密（今属山东）人。

差不多先生传

庐山有三处史迹代表三大趋势：(一)慧远的东林，代表中国"佛教化"与佛教"中国化"的大趋势。(二)白鹿洞，代表中国近世七百年的宋学大趋势。(三)牯岭，代表西方文化侵入中国的大趋势。

从白鹿洞到万杉寺。古为庆云庵，为"律"居，宋景德中有大超和尚手种杉树万株，天圣中赐名万杉。后禅学盛行，遂成"禅寺"。南宋张孝祥有诗云：

老干参天一万株，庐山佳处浮着图。
只因买断山中景，破费神龙百斛珠。

(《志》五，页六十四，引《桯史》。)

今所见杉树，粗仅如瘦碗，皆近年种的。有几株大樟树，其一为"五爪樟"，大概有三四百年的生命了；《指南》①说"皆宋时物"，似无据。

从万杉寺西地约二三里，到秀峰寺。吴氏旧《志》无秀峰寺，只有开先寺。毛德琦《庐山新志》(康熙五十九年成书。我在海会寺买得一部，有同治十年，宣统二年，民国四年补版。我的日记

---

① 《指南》：即《庐山指南》。

内注的卷页数，皆指此书。)说：

  康熙丁亥（1707）寺僧超渊往淮迎驾，御书秀峰寺赐额，改今名。

  明光寺起于南唐中主李璟。李主年少好文学，读书于庐山；后来先主代杨氏而建国，李璟为世子，遂嗣位。他想念庐山书堂，遂于其地立寺，因有开国之祥，故名开先寺，以绍宗和尚主之。宋初赐名开先华藏；后有善暹，为禅门大师，有众数百人。至行瑛，有治事才，黄山谷称"其材器能立事，任人役物如转石于千仞之溪，无不如意。"行瑛发愿重建此寺。

  开先之屋无虑四百楹，成于瑛世者十之六，穷壮极丽，迄九年乃即功。(黄庭坚《开先禅院修造记》，《志》五，页十六至十八。)

  此是开先极盛时。康熙间改名时，皇帝赐额，赐御书《心经》，其时"世之人无不知有秀峰"（郎廷极《秀峰寺记》，《志》五，页六至七。）其时也可称是盛世。到了今日，当时所谓"穷壮极丽"的规模只剩败屋十几间，其余只是颓垣废址了。读书台上有康熙帝临米芾书碑，尚完好；其下有石刻黄山谷书《七佛偈》，

差不多先生传

及王阳明正德庚辰（1520）三月《纪功题名碑》，皆略有损坏。

　　寺中虽颓废令人感叹，然寺外风景则绝佳。为山南诸处的最好风景。寺址在鹤鸣峰下，其西为龟背峰，又西为黄石岩，又西为双剑峰，又西南为香炉峰，都欹奇可喜。鹤鸣与龟背之间有马尾泉瀑布，双剑之左有瀑布水；两个瀑泉遥遥相对，平行齐下，下流入壑，汇合为一水，迸出山峡中，遂成最著名的青玉峡奇景。水流出峡，入于龙潭。昆山与祖望先到青玉峡，徘徊不肯去，叫人来催我们去看。我同梦旦到了那边，也徘徊不肯离去。峡上石刻甚多，有米芾书"第一山"大字，今钩摹作寺门题榜。

　　徐凝诗"今古长如白练飞，一条界破青山色"，即是咏瀑布的。李白《瀑布泉》诗也是指此瀑。旧《志》载瀑布水的诗甚多，但总没有能使人满意的。

　　由秀峰往西约十二里，到归宗寺。我们在此午餐，时已下午三点多钟，饿得不得了。归宗寺为庐山大寺，也很衰落了。我向寺中借得《归宗寺志》四卷，是民国甲寅先勤本坤重修的，用活字排印，错误不少，然可供我的参考。

　　我们吃了饭，往游温泉。温泉在柴桑桥附近，离归宗寺约五六里，在一田沟里。雨后沟水浑浊，微见有两处起水泡，即是温泉。我们下手去试探，一处颇热，一处稍减。向农家买得三个鸡蛋，放在两处，约七八分钟，因天下雨了，取出鸡蛋，内里已

寺中虽颓废令人感叹，然寺外风景则绝佳。为山南诸处的最好风景。

胡适

温而未熟。田陇间有新碑，我去看，乃是星子县的告示，署民国十二年，中说，接康南海①先生函述在此买田十亩，立界碑为记的事。康先生去年死了。他若不死，也许能在此建立一所浴室，他买的地横跨温泉的两岸。今地为康氏私产，而业归海会寺管理，那班和尚未必有此见识作此事了。

此地离栗里不远，但雨已来了，我们要赶回归宗，不能去寻访陶渊明的故里了。道上见一石碑，有"柴桑桥"大字。旧《志》已说，"渊明故居，今不知处"。（四，页七。）桑乔疏说，去柴桑桥一里许有渊明的醉石。（四，页六。）旧《志》又说，醉石谷中有五柳馆，归去来馆。归去来馆是朱子建的，即在醉石之侧。朱子为手书颜真卿《醉石诗》，并作长跋，皆刻石上，其年月为淳熙辛丑（1181）七月。（四，页八。）此二馆今皆不存，醉石也不知去向了。庄百俞先生《庐山游记》说他曾访醉石，乡人皆不知。记之以告后来的游者。

今早轿上读旧《志》所载周必大《庐山后录》，其中说他访栗里，求醉石，土人直云，"此去有陶公祠，无栗里也"。（十四，页十八。）南宋时已如此，我们在七百年后更不易寻此地了，不如阙疑为上。《后录》有云：

---

① 康南海：即康有为，广东南海人，人称"南海先生"。

差不多先生传

　　尝记前人题诗云：

　　五字高吟酒一瓢，庐山千古想风标。

　　至今门外青青柳，不为东风肯折腰。

　　惜乎不记其姓名。

　　我读此诗，忽起一感想：陶渊明不肯折腰，为什么却爱那最会折腰的柳树？今日从温泉回来，戏用此意作一首诗：

　　　　陶渊明同他的五柳

　　当年有个陶渊明，不惜性命只贪酒。

　　骨硬不能深折腰，弃官回来空两手。

　　瓮中无米琴无弦，老妻娇儿赤脚走。

　　先生吟诗自嘲讽，笑指篱边五株柳：

　　"看他风里尽低昂！这样腰肢我无有。"

　　晚上在归宗寺过夜。

（原载于1928年5月《新月》第1卷第3号，署名胡适。后收入《胡适文存三集》。现选4月9日记的前半部。）

新 生 活

　　这是一篇报刊时评,其目的是号召国民学会新生活,以提高个人素养,增强民族素质。通篇明白如话,浅显易懂,文章开篇提出问题:"哪样的生活可以叫做新生活呢?"顾名思义,它是相对于"旧生活"而言的。接着,作者举例说明什么不是"新生活",那就是"说不出'为什么这样做'的事,都是没有意思的生活"。反之,说得出"为什么这样做"的事,就是有意思的生活,也就是"新生活"。

　　文中,作者提出:"我们希望中国人都能过这种有意思的新生活。"读了文章后,我们就会明白,所谓"新生活",就是克服掉每个人日常行为中的坏习气和坏习惯。

差不多先生传

哪样的生活可以叫做新生活呢？

我想来想去，只有一句话。新生活就是有意思的生活。

你听了，必定要问我，有意思的生活又是什么样子的生活呢？

我且先说一两件实在的事情做个样子，你就明白我的意思了。

前天你没有事做，闲得不耐烦了，你跑到街上一个小酒店里，打了四两白干，喝完了，又要四两，再添上四两。喝得大醉了，同张大哥吵了一回嘴，几乎打起架来。后来李四哥来把你拉开，你气忿忿地又要了四两白干，喝得人事不知，幸亏李四哥把你扶回去睡了。昨儿早上，你酒醒了，大嫂子把前天的事告诉你，你懊悔得很，自己埋怨自己："昨儿为什么要喝那么多酒呢？可不是糊涂吗？"

你赶到张大哥家去，作了许多揖，赔了许多不是，自己怪自己糊涂，请张大哥大量包涵。正说时，李四哥也来了，王三哥也来了。他们三缺一，要你陪他们打牌。你坐下来，打了十二圈牌，输了一百多吊钱。你回得家来，大嫂子怪你不该赌博，你又懊悔得很，自己怪自己道："是呵，我为什么要陪他们打牌呢？可不是糊涂吗？"

诸位，像这样子的生活，叫做糊涂生活，糊涂生活便是没有意思的生活。你做完了这种生活，回头一想："我为什么要这样干呢？"你自己也回答不出究竟为什么。

诸位，凡是自己说不出"为什么这样做"的事，都是没有意思的生活。

反过来说，凡是自己说得出"为什么这样做"的事，都可以说是有意思的生活。

生活的"为什么"，就是生活的意思。

人同畜生的分别，就在这个"为什么"上。你到万牲园①里去看那白熊一天到晚摆来摆去不肯歇，那就是没有意思的生活。我们做了人，应该不要学那些畜生的生活。畜生的生活只是胡混，只是不晓得自己为什么如此做。一个人做的事应该件件事答得出一个"为什么"。

我为什么要干这个？为什么不干那个？回答得出，方才可算是一个人的生活。

我们希望中国人都能过这种有意思的新生活。其实这种新生活并不十分难，只消时时刻刻问自己为什么这样做，为什么不那样做，就可以渐渐地过到我们所说的新生活了。

诸位，千万不要说"为什么"这三个字是很容易的小事。你打今天起，每做一件事，便问一个为什么，——为什么不把辫子剪了？为什么不把大姑娘的小脚放了？为什么大嫂脸上搽那么多的脂粉？为什么出棺材要用那么多叫化子？为什么娶媳妇也要用

---

① 万牲园：即农业试验场附设的动物园，是北京动物园的前身，也是中国历史上最早的近代公共动物园，1907年7月19日对外开放。万牲园的建立，标志着中国现代动物园的开端。

差不多先生传

那么多的叫化子？为什么骂人要骂他的爸妈？为什么这个？为什么那个？——你试办一两天，你就会觉得这三个字的趣味真是无穷无尽，这三个字的功用也无穷无尽。

诸位，我们恭恭敬敬地请你们来试试这种新生活。

民国八年八月。

（原载于1919年8月24日《新青年》第1期，署名适之，后收入《胡适文存》。）

李 超 传

　　李超是民国时期一个名不见经传的小女子，并且年纪轻轻就因病去世了。她的一生没有什么轰轰烈烈的事迹，也没有留下丰厚的遗产、等身的著作，只有一些与亲人友人之间的信稿。

　　然而，胡适先生却愿意为这样一个素不相识的无名小女子作一篇六千多字的传记，这是为什么呢？李超的人生究竟有什么魅力呢？

　　胡适先生在文章中说道："因为她（李超）的一生遭遇可以用做无量数中国女子的写照，可以用做中国家庭制度的研究资料，可以用做研究中国女子问题的起点，可以算做中国女权史上的一个重要牺牲者。"让我们来了解一些李超的经历吧！

差不多先生传

　　李超的一生,没有什么轰轰烈烈的事迹。我参考她的行状和她的信稿,她的生平事实不过如此:

　　李超原名惟柏,又名惟璧,号璞真,是广西梧州金紫庄的人。她的父母都早死了,只有两个姊姊,长名惟钧,次名□□。她父亲有一个妾,名附姐。李超少时便跟着附姐长大。因为她父母无子,故承继了她胞叔榘廷的儿子,名惟琛,号极甫。

　　她家本是一个大家,家产也可以算得丰厚。她的胞叔在全州做官时,李超也跟着在衙门里,曾受一点国文的教育。后来她回家乡,又继续读了好几年的书,故她作文写信都还通顺清楚。

　　民国初年,她进梧州女子师范学校肄业,肄业时成绩很好。民国四年她和她的一班同志组织了一个女子国文专修馆。过了一年,她那班朋友纷纷散去了,她独自在家,觉得旧家庭的生活没的意味,故发愤要出门求学。她到广州,先进公立女子师范,后进结方学堂;又进教会开的圣神学堂,后又回到结方,最后进公益女子师范。她觉得广州的女学堂不能满意,故一心想来北京进国立高等女子师范学校。民国七年七月,她好容易筹得旅费,起程来北京。九月进学校,初做旁听生,后改正科生。那年冬天,她便有病,她本来体质不强,又事事不能如她的心愿,故容易致病。今年春天,她的病更重,医生说是肺病,她才搬进首善医院调养。后来病更重,到八月十六日遂死在法国医院。死时,她大约有二十三四岁了。（行状作"年仅二十"，是考据不精的错误。）

这一点无关紧要的事实，若依古文家的义法看来，实在不值得一篇传。就是给她一篇传，也不过说几句"生而颖悟，天性孝友，戚郦称善，苦志求学，天不永其年，惜哉惜哉"一类的刻板文章，读了也不能使人相信。但是李超死后，她的朋友搜索她的遗稿，寻出许多往来的信札，又经她的同乡苏甲荣君把这些信稿分类编记一遍，使她一生所受的艰苦，所抱的志愿，都一一的表现分明。我得读这些信稿，觉得这一个无名的短命女子之一生事迹很有作详传的价值，不但她个人的志气可使人发生怜惜敬仰的心，并且她所遭遇的种种困难都可以引起全国有心人之注意讨论。所以我觉得替这一个女子做传比替什么督军做墓志铭重要得多咧。

李超决意要到广州求学时，曾从梧州寄信给她的继兄，信中说：

> 计妹自辍学以来，忽又半载。家居清闲，未尝不欲奋志自修。奈天性不敏，遇有义理稍深者，既不能自解，又无从质问。盖学无师承，终难求益也。同学等极赞广州公立女子第一师范，规则甚为完善，教授亦最良

差不多先生传

好，且年中又不收学费，如在校寄宿者，每月只缴缮费五元，校章限二年毕业。……广东为邻省，轮舟往还，一日可达。……每年所费不过百金。侬家年中入息虽不十分丰厚，然此区区之数，又何难筹？……谅吾兄必不以此为介意。……妹每自痛生不逢辰，幼遭悯凶，长复困阨……其所以偷生人间者，不过念既受父母所生，又何忍自相暴弃。但一息苟存，乌得不稍求学问？盖近来世变日亟，无论男女，皆以学识为重。妹虽愚陋，不能与人争胜，然亦欲趁此青年，力图进取。苟得稍明义理，无愧所生，于愿已足。其余一切富贵浮华，早已参透，非谓能恝（jiá）然置之，原亦知福薄之不如人也。……若蒙允诺，……匪独妹一生感激，即我先人亦当含笑于九泉矣。战栗书此，乞早裁覆。

这信里说的话，虽是一些"门面话"，但是已带着一点呜咽的哭声。再看她写给亲信朋友的话：

前上短章，谅承收览，奉商之事，不知得蒙允诺与否。妹此时寸心上下如坐针毡，……在君等或视为缓事，而妹则一生苦乐端赖是也。盖频年来家多故。妹所处之境遇固不必问及。自壬子□兄续婚后，嫌隙愈多，

李超决意要到广州求学时,曾从梧州寄信给她的继兄。

胡适

积怨愈深，今虽同爨（cuàn），而各怀意见。诟（gòu）谇（suì）之声犹（尤）所时有。其所指摘，虽多与妹无涉，而冷言讥刺亦所不免。欲冀日之清净，殊不可得。去年妹有书可读，犹可藉以强解。近来闲居，更无术排遣。……锢居梧中，良非本怀。……盖凡人生于宇宙间，既不希富贵，亦必求安乐。妹处境已困难，而家人意见又复如此。环顾亲旧无一我心腹，因此，厌居梧城已非一日。……

这信里所说，旧家庭的黑暗，历历都可想见。但是我仔细看这封信，觉得她所说还不曾说到真正苦痛上去。当时李超已二十岁了，还不曾订婚。她的哥嫂都很不高兴，都很想把她早早打发出门去，他们就算完了一桩心事，就可以安享她的家产了。李超"环顾亲旧，无一心腹"，只有胞姊惟钧和姊夫欧寿松是很帮助她的。李超遗稿中有两封信是代她姊姊写给她姊夫的，说的是关于李超的婚事。一封信说：

先人不幸早逝，遗我手足三人。……独季妹生不逢辰，幼失怙恃，长遭困阨，今后年华益增，学问无成，后顾茫茫，不知何以结局。钧每念及此，寝食难安。且彼性情又与七弟相左。盖弟择人但论财产，而舍妹则重

差不多先生传

学行。用是各执意见，致起龃（jǔ）龉（yǔ）。妹虑家庭专制，恐不能遂其素愿，缘此常怀隐忧，故近来体魄较昔更弱。稍有感触，便觉头痛。……舍妹之事，总望为留心。苟使妹能终身付托得人，岂独钧为感激，即先人当含笑于九泉也。……

这信所说，乃是李超最难告人的苦痛。她所以要急急出门求学，大概是避去这种高压的婚姻。她的哥哥不愿意她远去，也只是怕她远走高飞做一只出笼的鸟，做一个终身不嫁的眼中钉。

李超初向她哥哥要求到广州去求学，——广州离梧州只有一天的轮船路程，算不得什么远行。——但是她哥哥执意不肯。请看他的回信：

九妹知悉：尔欲东下求学，我并无成见在胸，路程近远，用款多少，我亦不措意及之也，惟是侬等祖先为乡下人，侬等又系生长乡间，所有远近乡邻女子，并未曾有人开远游羊城（即广州）求学之先河。今尔若子身先行，事属罕见创举。乡党之人少见多怪，必多指摘非议。然乡邻众口悠悠姑置勿论，而尔五叔为族中之最尊长者，二伯娘为族中妇人之最长者，今尔身为处子，因为从师求学，远游至千数百里外之羊城，若不禀报而行,恐于理不合。而且伊等异日风闻此事,则我之责任非轻矣。我为尔事处措无方。今尔以女子身为求学事远游异域,我实不敢在尊长前为尔启齿,不得已而请附姐(李超的庶母)为尔转请,而附姐诸人亦云不敢,而且附姐意思亦不欲尔远行也。总之,尔此行必要禀报族中尊长方可成行,否则我之责任綦(qí)重。……见字后,尔系一定东下,务必须由尔设法禀明族中尊长。

这封信处处用恫(dòng)吓(hè)手段来压制他妹子,简直是高压的家族制度之一篇绝妙口供。

李超也不管他,决意要东下,后来她竟到了广州进了几处学堂。她哥哥气得厉害,竟不肯和她通信。六年七月五日,她嫂嫂陈文鸿信上说:

……尔哥对九少言,"……余之所以不寄信不寄钱于彼者,以妹之不遵兄一句话也。且余意彼在东省未知确系读书,抑系在客栈住,以信瞒住家人。余断不为彼欺也。"言时声厉。……嫂思之计无所出,妹不如暂且归梧,以息家人之怨。……何苦惹家人之怨?……

又阴历五月十七日函说:

差不多先生传

> 姑娘此次东下，不半年已历数校，以致家人咸怒。
> 而今又欲再觅他校专读中文，嫂恐家人愈怒。……

即这几封信，已可看出李超一家对她的怨恨了。

李超出门后，即不愿回家，家人无可如何，只有断绝她的用费一条妙计。李超在广州二年，全靠她的嫂嫂陈文鸿，姊丈欧寿松，堂弟惟几，本家李典五，堂姊伯援、宛贞等人私下帮助她的经费。惟几信上（阴九月三十日）有"弟因寄银与吾姐一事，屡受亚哥痛责"的话。欧寿松甚至于向别人借钱来供给她的学费，那时李超的情形，也可想而知了。

李超在广州换了几处学堂，总觉得不满意。那时她的朋友梁惠珍在北京高等女子师范学校写了几次信去劝她来北京求学。李超那时好像屋里的一个蜜蜂，四面乱飞，只朝光明的方向走。她听说北京女高师怎样好，自然想北来求学，故把旧作的文稿寄给梁女士，请她转呈校长方还请求许她插班，后来又托同乡京官说情，方校长准她来校旁听。但是她到广州，家人还百计阻难，如何肯让她远走北京呢？

李超起初想瞒住家人，先筹得款子，然后动身。故六年冬天李伯援函说：

七嫂心爱妹，甫兄防之极严，限以年用百二（十）金为止，……甫嫂灼急异常。甫嫂许妹之款，经予说尽善言，始获欣然。伊苟知妹欲行，则诚恐激变初心矣。……

后来北行的计划被家人知道了，故她嫂嫂六年十一月七日函说：

日前得三姑娘来信，知姑娘不肯回家，坚欲北行，闻讯之下，不胜烦闷。姑娘此行究有何主旨？嫂思此行是直不啻（chì）加嫂之罪，陷嫂于不义也。嫂自姑娘东行后，尔兄及尔叔婶时时以恶言相责，说是嫂主其事，近日复被尔兄殴打。且尔副姐（即附姐）亦被责。时时相争相打，都因此事。姑娘若果爱嫂，此行万难实行，恳祈思之，再思之。

那时她家人怕她远走，故极力想把她嫁了。那几个月之中，说婚的信很多，李超都不肯答应。她执意要北行，四面八方向朋友亲戚借款。她家虽有钱，但是因为她哥哥不肯负还债的责任，故人多不敢借钱给她。七年五月二十二日，他姊姊惟钧写给在广州的本家李典五说：

差不多先生传

……闻九妹欲近日入京求学，本甚善事也。但以举廷五叔及甫弟等均以为女子读书稍明数字便得。今若只身入京，奔走万里，实必不能之事。即使其能借他人之款，以遂其志，而将来亦定不担偿还之职。……

这是最厉害的对付方法。六月二十八日伯援函说：

该款七嫂不肯付，伊云妹有去心，自后一钱不寄矣。在款项一节，予都可为妹筹到。惟七嫂云，如妹能去，即惟予与婉贞二人是问。……七嫂与甫为妹事又大斗气。渠云妹并未知渠之苦心，典五之款，渠亦不还，予对妹难，对渠等尤难也。

照这信看来，连她那贤明的嫂嫂也实行那断绝财源的计划了。那时李超又急又气，已病了几个月。后来幸亏她的大姊丈欧寿松一力担任接济学费的事。欧君是一个极难得的好人，他的原信说：

……妹决意往京就学，……兄亦赞成。每年所需八九十金，兄尽可担负。……惟吾妹既去，极甫谅亦不恝置也。……

李超得了李典五借款，又得了欧寿松担任学费，遂于七月动身到北京，她先在女高师旁听，后改正科生。那时她家中哥嫂不但不肯接济款项，还写信给她姊夫，不许他接济。欧君七年九月五日信说：

……七舅近来恐无银汇。昨接璇儿信，称不独七妗不满意，不肯汇银，且来信嘱兄不许接济。兄已回函劝导，谅不至如此无情。兄并声明，七舅如不寄银则是直欲我一人担任。我近年债务已达三千元左右，平远又是苦缺，每年所得，尚未足清还债累，安得如许钱常常接济？即勉强担任，于亲疏贫富之间，未免倒置。……

看这信所说，李超的家产要算富家，何以她哥嫂竟不肯接济她的学费呢？原来她哥哥是承继的儿子，名分上他应得全份家财。不料这个倔强的妹子偏不肯早早出嫁，偏要用家中银钱读书求学。他们最怕的是李超终身读书不嫁，在家庭中做一个眼中钉。故欧寿松再三写信给李超劝她早早定婚，劝她早早表明宗旨，以安她哥嫂之心。欧君九月五日信说：

……兄昨信所以直言不讳劝妹早日定婚者，职此

差不多先生传

之故。妹婚一日未定，即七舅等一日不安。……妹婚未成，则不独妹无终局，家人不安，即愚夫妇亦终身受怨而莫由自解。……前年在粤时，兄屡问妹之主意，即是欲妹明白宣示究竟读书至何年为止，届时即断然适人，无论贤愚，绝无苛求之意，只安天命，不敢怨人，否则削发为尼，终身不字。如此决定，则七舅等易于处置，不至如今日之若涉大海，茫无津涯，教育之费，不知负担到何时乃为终了。

又九月七日信说：

……妹读书甚是好事，惟宗旨未明，年纪渐长，兄亦深以为忧。……极甫等深以为吾妹终身读书亦是无益。吾妹即不为极甫诸人计，亦当为兄受怨计，早日决定宗旨，明以告我。……

欧君的恩义，李超极知感激。这几封信又写得十分恳切，故李超答书也极恳切。答书说：

……吾兄自顾非宽，而于妹膏火之费屡荷惠助。此恩此德，不知所以报之，计惟有刻诸肺俯，没世不忘而已。……妹来时曾有信与家兄，言明妹此次北来，最迟不过二三年即归。婚事一节，由伊等提议，听妹处裁。至受聘迟早，妹不敢执拗，但必俟妹得一正式毕业，方可成礼。盖妹原知家人素疑妹持单独主义，故先剖明心迹，以释其疑，今反生意外之论，实非妹之所能料。若谓妹频年读书费用浩繁，将来伊于胡底，此则故设难词以制我耳。盖吾家虽不敢谓富裕，而每年所入亦足敷衍。妹年中所耗不过二三百金，何得谓为过分？况此乃先人遗产，兄弟辈既可随意支用，妹读书求学乃理正言顺之事，反谓多余，揆（kuí）之情理，岂得谓平耶？静思其故，盖家兄为人惜财如璧，且又不喜女子读书，故生此闲论耳。……

李超说："此乃先人遗产，兄弟辈既可随意支用，妹读书求学乃理正言顺之事，反谓多余，揆之情理，岂得谓平耶？"这几句话便是她杀身的祸根。谁叫她做一个女子！既做了女子，自然不配支用"先人遗产"来做"理正言顺之事"！

李超到京不够半年，家中吵闹得不成样子。伯援十一月六号来信说：

……七嫂于中秋前出来住数天，因病即返乡。渠因

差不多先生传

与甫兄口角成仇，赌气出来。渠数月来甚与甫兄反目，其原因一为亚凤（极甫之妾），一为吾妹。凤之不良，悉归咎于鸿嫂，而鸿嫂欲卖去之，甫兄又不许，近且宠之，以有孕故也。前月五叔病，钧姊宁省，欲为渠三人解释嫌恨，均未达目的，三宿即返。返时鸿嫂欣然送别，嘱钧姊勿念，渠自能自慰自解，不复愁闷。九姑娘（即李超）处，渠典当金器亦供渠卒业，请寄函渠，勿激气云云。是夕渠于夜静悬梁自缢，幸副姐闻吹气声，即起呼救，得免于危。……

甫兄对于妹此行，其恶益甚，声称一钱不寄，尽妹所为，不复追究。渠谓妹动以先人为念一言为题，即先人尚在，妹不告即远行，亦未必不责备也。钧姐嘱妹自后来信千万勿提先人以触渠怒云。

这一封信，前面说她嫂嫂为了她的事竟致上吊寻死，后面说她哥哥不但不寄一钱，甚至于不准她妹妹提起"先人"两个字。李超接着这封信，也不知气得什么似的。后来不久她就病倒了，竟至吐血。到了八年春天，病势更重，医生说是肺病。那时她的死症已成，到八月就死了。

李超病中，她姊丈屡次写信劝她排解心事，保重身体。有一次信中，她姊丈说了一句极伤心的趣话。他说："吾妹今日境遇与兄略同。所不同者，兄要用而无钱，妹则有钱而不得用。"李超"有钱而不得用"，以至于受种种困苦艰难，以至于病，以至于死，……这是谁的罪过？……这是什么制度的罪过？

李超死后，一切身后的事都靠她的同乡区君谦、陈君瀛等料理。她家中哥嫂连信都不寄一封。后来还是她的好姊夫欧君替她还债。李超的棺材现在还停在北京一个破庙里，她家中也不来过问。现在她哥哥的信居然来了。信上说他妹子"至死不悔，死有余辜"！

以上是李超的传，完了。我替这一个素不相识的可怜女子作传，竟做了六七千字，要算中国传记里一篇长传。我为什么要用这么多的工夫做她的传呢？因为她的一生遭遇可以用做无量数中国女子的写照，可以用做中国家庭制度的研究资料，可以用做研究中国女子问题的起点，可以算做中国女权史上的一个重要牺牲者。我们研究她的一生，至少可以引起这些问题：

（一）家长族长的专制　"尔五叔为族中之最尊长者，二伯娘为族中妇人之最长者。若不禀报而行，恐于理不合。"诸位读这几句话，发生什么感想？

（二）女子教育问题　"侬等祖先为乡下人，所有远近乡邻女子，并未曾有人开远游求学之先河，今尔若子身先行，事属罕见创举。乡党之人必多指摘非议。""举廷五叔及甫弟等均以为女子读书稍明数字便得。"诸位读这些话，又发生什么感想？

（三）女子承袭财产的权利　"此乃先人遗产，兄弟辈既可随意支用，妹读书求学乃理正言顺之事，反谓多余。揆之情理，岂得谓平耶？"诸位读这几句话，又发生什么感想？

（四）有女不为有后的问题　《李超传》的根本问题，就是女子不能算为后嗣的大问题。古人为大宗立后，乃是宗法社会的制度。后来不但大宗，凡是男子无子，无论有无女儿，都还要承继别人的儿子为后。即如李超的父母，有了李超这样的一个好女儿，依旧不能算是有后，必须承继一个"全无心肝"的侄儿为后。诸位读了这篇传，对于这种制度，该发生什么感想？

民国八年十二月。

（原载于《新潮》2卷2期，收入《胡适文存》卷4。）

许怡荪传

　　许怡荪是胡适先生的好友,"是一个最忠厚、最诚恳的好人"。在胡适笔下,许怡荪是一个对朋友无比热心,对国家怀抱热忱,对家庭有所担当的人。胡适用了很大的篇幅,以他们之间来往的书信为资料,客观而有说服力地表现了许怡荪的救国思想的转变历程。

　　许怡荪热心于救国事业,一直摸索着前进。他从最早的"孔教救国"论到"政治中心"论,再到"领袖人才"论,一直发展到承认政治的改良需从"社会事业"下手。以此向读者介绍"他一生学问思想的变迁进步"。

　　另外,文章还讲到,他也是个对朋友无比热心的人,作者举了不少例子来加以说明。文章最后对许怡荪作出了"怡荪精神不死"的崇高评价。让我们向许怡荪先生学习,受他感化吧!

差不多先生传

我的朋友许怡荪死了！他死的时候是中华民国八年三月二十二夜七点半钟。死的前十几天，他看见报纸上说我几个朋友因为新旧思潮的事被政府驱逐出北京大学。他不知那是谣言，一日里写了两封快信给我，劝我们"切不必因此灰心，也不必因此愤慨"（三月五日信）。他又说"无论如何，总望不必愤慨，仍以冷静的态度处之，……所谓经一回的失败，长一回的见识"（三月五日第二信）。这就是怡荪最末一次的信。到了三月十七日，他就有病。起初他自己还说是感冒，竟不曾请医生诊看；直到二十一夜，他觉得病不轻，方才用电话告知几个同乡。明天他们来时，怡荪的呼吸已短促，不很能说话。河海工程学校的人把他送到日本医院，医院中人说这是流行的时症转成肺炎；他的脉息都没有了，医生不肯收留。抬回之后，校长许肇南先生请有名的中医来，也是这样说，不肯开方。许先生再三求他，他才开了四味药，药还没煎好，怡荪的气已绝了！

怡荪是一个最忠厚、最诚恳的好人，不幸死得这样早！……这样可惨！我同怡荪做了十几年的朋友，很知道他的为人，很知道他一生学问思想的变迁进步。我觉得他的一生，处处都可以使人恭敬，都可以给我们做一个模范，因此我把他给朋友的许多书信作材料，写成这篇传。

怡荪名棣常，从前号绍南，后来才改做怡荪。他是安徽绩溪十五都磡（kàn）头的人。先进绩溪仁里的思诚学堂，毕业之后，和他的同学程干丰、胡祖烈、程敷模、程于诚等人同来上海求学。他那几位同学都进了吴淞复旦公学，只有怡荪愿进中国公学。那时我住在校外，他便和我同住。后来中国公学解散，同学组织中国新公学，怡荪也在内，和我同住《竞业旬报》馆。后来怡荪转入复旦公学，不久他的父亲死了（庚戌），他是长子，担负很重，不能不往来照应家事店事，所以他决计暂时不进学校，改作自修工夫，可以自由来往。决计之后，他搬出复旦，到上海和我同住。庚戌五月，怡荪回浙江孝丰，——他家有店在孝丰，——我也去北京应赔款留学官费的考试。我们两人从此一别，七个足年不曾相见。我到美国以后，怡荪和我的朋友郑仲诚同到西湖住白云庵，关门读国学旧书，带着自修一点英文（庚戌十一月十七日信）。明年辛亥，我们的朋友程干丰（乐亭）病死。怡荪和他最好，心里异常悲痛，来信有"日来居则如有所失，出则不知所之，念之心辄凄然而泪下，盖六载恩情，其反动力自应如是"（辛亥四月十一日信）。那年五月怡荪考进浙江法官养成所，他的意思是想"稍攻国法私法及国际法，期于内政外交可以洞晓；且将来无论如何立身，皆须稍明法理，故不得不求之耳"（辛亥五月二十一日信）。但是那学堂办得很不满他的意，所以辛亥革命之后，他就不进去了。他来信说："读律之举，去岁曾实行之，今年又复舍去，盖因校中组织未善，徒袭取东夷皮相；……人品甚杂，

差不多先生传

籧篨（qú chú）戚施之态，心素恶之，故甚不能侧身其间以重违吾之本心也。"（民国元年十月三十日信）

那一年怡荪仍旧在西湖读书。民国二年他决意到日本留学，四月到东京进明治大学的法科，五月来信说："……君既去国，乐亭复云亡。此时孤旅之迹，若迷若惘，蓬转东西，而终无所栖泊。本拟屏迹幽遐，稍事根底学问，然非性之所近。……恐于将来为己为人，一无所可。……去岁以来，思之重思之，意拟负笈东瀛，一习拯物之学。然而经济困难，尚未自决。嗣得足下第二手书，慰勉有加，欲使膏肓沉没，复起为人，吾何幸而得此于足下！……遂于阴历正月间驰赴苕上，料理一切，期于必行"（二年五月十七日信）。他到日本后不久第二次革命起事，汇款不通，他决计回国，临走时他写长函寄我，中有一段，我最佩服。他说："自古泯棼（fén）之会，沧海横流，定危扶倾，宜有所托。寄斯任者，必在修学立志之士，今既气运已成，乱象日著，虽有贤者不能为力。于此之时，若举国之士尽入漩涡，随波出没，则不但国亡无日，亦且万劫不复矣。在昔东汉之末，黄巾盗起，中原鼎沸，诸葛武侯高卧隆中，心不为动。岂有鞠躬尽瘁死而后已之人而能忘情国家者乎？诚以乱兹方寸，于事无益耳，于此乱离，敢唯足下致意焉。"

这封信寄后，因道路不平静，他竟不能回国。那时东京有一班人发起一个孔教分会，怡荪也在内，他是一个热心救国的人，那时眼见国中大乱，心里总想寻一个根本救国方法；他认定孔教可以救国，又误认那班孔教会的人都是爱国的志士，故加入他们的团体。他那时对于那班反对孔教会的人，很不满意，来信有"无奈东京留学界中，大半趋奉异说，习气已深，难与适道"的话（同上）。这时代的怡荪完全是一个主张复古的人。他来信有论孔教会议决"群经并重"一段，说"以余之意，须侧重三礼。盖吾国三代之时，以礼治国，故经国之要尽在三礼。近日东西各国每以法律完备自多，岂知吾国数千年前已有威仪三百，礼仪三千，以礼治国，精审完美，必不让于今日所谓法治国也。且一般人多主张以孔子为宗教家，既认为宗教，则于方式亦不可不讲。冠婚丧祭等事，宜得于古，方为有当耳"（同上）。我回信对于这主张，很不赞成。明年（民国三年）怡荪写了一封楷书六千字的长信同我辩论，到了这时候，怡荪已经看破孔教会一班人的卑劣手段，故来信有云："近日之孔教会不脱政党窠臼，所谓提倡道德挽回人心之事，殆未梦见也。此殊非初心所料及！……尊崇孔子而有今日之孔教会，其犹孔子所谓死不若速朽之为愈也！"（三年四月一日信）怡荪本来已搬进孔教会事务所里，替他们筹成立会和办"大成节"的庆祝会的事，很热心的。后来因为看出那班"孔教徒"的真相，所以不久就搬出来，住辰实馆（二年十一月三日信）。但是他这时候仍旧深信真孔教可以救国，不过他的孔教观念已经不是陈焕章一流人的孔教观念了。他那封六千字的长信里，说他

差不多先生传

提倡孔教有三条旨趣："（一）洗发孔子之真精神，为革新之学说，以正人心；（二）保存东亚固有之社会制度，必须昌明孔孟学说，以为保障；（三）吾国古代学说如老荀管墨，不出孔子范围，皆可并行不背；颂言孔教，正犹振衣者之必提其领耳。"（三年四月十日信）

这时候怡荪所说"孔子之真精神"即是公羊家所说的"微言大义"。所以他那信里说："至于近世，人心陷溺已至于极，泯棼之祸，未知所届。及今而倡孔教以正人心，使此后若有窃国者兴，亦知所戒，则犹可以免于大乱也。"后来袁世凯用了种种卑污手段，想做皇帝。东京的孔教会和筹安会私造了许多假图章，捏名发电"劝进"。怡荪的希望从此一齐打破。所以后来来信说："时局至此，欲涕无从。大力之人，负之狂走，其于正义民意，不稍顾恤，所谓'道德'者，已被轻薄无余矣！"（四年十二月二十七日信）

又第二条所说"东亚固有之社会制度"，他的意思是专指家族制度。原信说："挽近世衰道微，泰西个人功利等学说盛行，外力膨胀，如水行地中，若不亟思保界，则东亚社会制度中坚之家族制，必为所冲决。此中关系甚巨，国性灭失，终必有受其敝者。此知微之士所不得不颂言孔教，夫岂得已哉？"（三年四月十日信）怡荪这种观念，后来也渐渐改变，最后的两年，他已从家族制移到"人生自己"（七年十月二十三日寄高一涵信）。他后来不但不满意于旧式的家族制，并且对于社会政治的组织也多不满意。去年来信竟说"所谓社会制度，所谓政治组织，无一不为人类罪恶之源泉，而又无法跳出圈子，所以每一静念，神智常为悯悯也"（七年九月八日信）。复古的怡荪，此时已变成了社会革新家的怡荪。

至于第三条所说"老荀管墨不出孔子范围"的话，我当时极力同他辩论，后来他稍稍研究诸子学，主张也渐渐改变。我在美国的时候，要用俞樾的《读公孙龙子》，遂写信请怡荪替我寻一部《俞楼杂纂》，他因为买不到单行本子，所以到上野图书馆去替我抄了一部《读公孙龙子》。我那时正在研究诸子学，作为博士论文。怡荪屡次来信劝勉我；有一天信上说："世言东西文明之糅合，将生第三种新文明。足下此举将为之导线，不特增重祖国，将使世界发现光明"（五年三月十三日信）。这种地方不但可以见得怡荪鼓舞朋友的热心，并且可以见得他对于儒家与非儒家学说的态度变迁了。

以上述怡荪对于孔教的态度。那封六千字的信上半论孔教问题，下半论政治问题。怡荪的政治思想前后共经过几种根本的变迁。那封信里所说可以代表他的基本观念是"政治中心"的观念。他说："以余观于吾国近数十年来之政局，政治之重点，亦常有所寄。盖自湘乡柄政以后，移于合肥。合肥将死，……疏荐项城以代。项城起而承合肥之成局，故势力根深蒂固，不崇朝而心腹布天下，历世而愈大。……辛亥之际，失其重点，故常震撼不宁，

差不多先生传

其在民质未良之国，政治中心宜常寄于一部分之人，否则驯至于乱。……再以今日时势推之，其继项城而起者，其必为段氏祺瑞乎？"（三年四月十日信）这时代的怡荪所主张的是一种变相的"独头政治"。他说"一国改进之事，不宜以顿，尤须自上发之"。（同上）他那时推测中国的将来，不出三条路子："若天能挺生俊杰，如华盛顿其人者，使之能制一国之重，与以悠久岁月，别开一生面：此策之最上者也。其次若有人焉，就已成之时局而善扶掖之，取日本同一之步趋。（适按此指政党政治）……至若今日之上下相激，终至以武力解决，……此则天下最不幸之事也。"（同上）

怡荪一生真能诚心爱国，处处把"救国"作前提，故凡他认为可以救国的方法，都是好的。如袁政府当时的恶辣政策，怡荪也不根本否认。他说："吾人之于政府，固常望其发奋有为，自脱于险，苟有利于吾国吾民者。犯众难以为之，可也；能如诸葛武侯、克林威尔之公忱自矢，其心迹终可大白于天下，而吾人亦将讴歌之不暇，岂忍议其后乎？若计不出此，徒揽天下之威福以为一姓之尊荣，是则非吾人之所敢知矣。"（三年五月十八日信中载，录他寄胡绍庭的信。）可见怡荪当时不满意于袁政府，不过是为他的目的不在救国而在谋一姓的尊荣。至于严厉的政策和手段，他并不根本反对。他说："总之，政治之事无绝对至善之标准，惟视其时之如何耳。"（三年五月十八日信）

过了一年多，帝制正式实行，云南、贵州的革命接着起来，民国五年帝制取消，不久袁世凯也死了。那时怡荪对于国事稍有乐观，来信说："国事顷因陈（其美）毙于前，袁（世凯）殂于后，气运已转，国有生望。盖陈死则南方暴烈恶徒无所依附，而孙中山之名誉可复。袁灭则官僚政治可期廓清。"（五年六月三十日信）那时怡荪前两年所推算的段祺瑞果然成了"政治的中心"。怡荪来信说："闻段之为人，悃愊（kǔn bì）无华，而节操不苟，雅有古大臣之风。倘国人悔祸，能始终信赖其为人，则戡乱有期，澄清可望。"（同上）可见那时怡荪还是主张他的"政治中心"论。

怡荪在明治大学于民国五年夏间毕业。七月中他和高一涵君同行回国。那时段内阁已成立，阁员中很有几个南方的名士。表面上很有希望，骨子里还是党争得激烈，暗潮很厉害。怡荪回国住了一年，他的政治乐观很受了一番打击，于是他的政治思想遂从第一时代的"政治中心"论变为第二时代的"领袖人才"论。他说："国事未得大定，无知小人尚未厌乱，而有心君子真能爱国者，甚鲜其人。如今日现状虽有良法美制，有用无体，何以自行？欲图根本救济，莫如结合国中优秀分子，树为政治社会之中坚。如人正气日旺，然后可保生命。"因此他希望他的朋友"搜集同志，组一学会，专于社会方面树立基础，或建言论，或办学校，务为国家树人之计。"（六年一月二十四日寄一涵君信）他又说："今日第一大患在于人才太少。然人才本随时而生，惜无领袖人物能组织团体，锻炼濯磨，俾其如量发挥；徒令情势涣散，虽

差不多先生传

有贤能亦不能转移风气,志行薄弱者,又常为风气所转移。……是知吾国所最缺乏者,尚非一般人才,而在领袖人才也审矣。"(六年旧七月十日信)当第三次革命成功时,我在美洲寄信给怡荪说,"这一次国民进步两党的稳健派互相携手,故能成倒袁的大功。以大势看来,新政府里面大概是进步党的人居多数。我很盼望国民党不要上台,专力组织一个开明强健的在野党,做政府的监督,使今日的'稳健'不致流为明日的腐败。"我这种推测完全错了。倒袁以后,国民党在内阁里竟居大多数,进步党的重要人物都不曾上台。后来党见越闹越激烈,闹得后来督军团干预政治,国会解散,黎元洪退职。张勋复辟的戏唱完之后,段祺瑞又上台。这一次国民党势力完全失败。怡荪回想我前一年的话,很希望国民党能组织一个有力的在野党,监督政府。(六年八月九日又九月二十日与高一涵信)那时怡荪的政治思想已有了根本改变,从前的"政治中心"论已渐渐取消,故主张有一种监督政府的在野党"抵衡其间,以期同入正轨"。(六年九月二十日与一涵信)

但是那时因为国会的问题,南北更决裂,时局更不可收拾。怡荪所抱的两种希望,——领袖人才和强硬的在野党,——都不能实现。民国六年秋天他屡次写信给朋友,说天下的事"当大处着眼,小处下手"。(六年旧七月十日信,又九月二十日与一涵信,又九月二十三日与我信。)那时安徽的政治,腐败不堪,后来又有什么"公益维持会"出现,专做把持选举的事。我们一班朋友不愿意让他们过太容易的日子，总想至少有一种反对的表示，所以劝怡荪出来竞争本县的省议会的选举。怡荪起初不肯，到了七年五月，方才勉强答应了。他答应的信上说："民国二年选举的时候，足下寄手书，谓'中国之事，患在一般好人不肯做事'云云，其言颇痛。与其畏难退缩，徒于事后叹息痛恨，何如此时勿计利害，出来奋斗，反觉得为吾良心所安也。"（七年五月二十日信）这一次的选举竞争，自然是公益维持会得胜，怡荪几乎弄到"拿办"的罪名，还有他两个同乡因为反对公益维持会的手段，被县知事详办在案。但是怡荪因此也添了许多阅历。他写信给我说："年来大多数的人，无一人不吞声饮恨，只是有些要顾面子，有些没有胆子，只得低头忍耐，不敢闹翻，却总希望有人出来反对，……由此看来，所谓社会制度，所谓政治组织，无一不为人类罪恶之源泉。"（七年九月八日信）他又说："最近以来，头脑稍清晰的人，皆知政治本身已无解决方法，须求社会事业进步，政治亦自然可上轨道。"（同上）

这几句话可以代表怡荪的政治思想第三个时代。这时候，他完全承认政治的改良须从"社会事业"下手，和他五年前所说"一国改良之事，尤须自上发之"的主张，完全不相同了。他死之前一个月还有一封长信给我，同我论办杂志的事。他说："办杂志本要觑定二三十年后的国民要有什么思想，于是以少数的议论，去转移那多数国民的思想。关系如何重要！虽是为二三十年后国民

差不多先生传

思想的前趋，须要放开眼界，偏重急进的一方面。……政治可以暂避不谈，对于社会各种问题，不可不提出讨论。"（八年二月二十三日信）这个时代的怡荪完全是一个社会革命家。可惜他的志愿丝毫未能实现，就短命死了！以上述怡荪政治思想的变迁。

怡荪于民国七年冬天，受我的朋友许肇南的聘，到南京河海工程学校教授国文。肇南在美国临归国的时候，问我知道国内有什么人才，我对他说："有两个许少南。"一个就是肇南自己，一个就是怡荪（怡荪本名绍南）。后来两个许少南竟能在一块做事。果然很相投，我今年路过南京，同他谈了两天，心里很满意。谁知这一次的谈话竟成了我们最后的聚会呢？

怡荪是一个最富于血性的人。他待人的诚恳，存心的忠厚，做事的认真，朋友中真不容易寻出第二个。他同我做了十年的朋友，十年中他给我的信有十几万字，差不多个个都是楷书，从来不曾写一个潦草的字。他写给朋友的信，都是如此。只此一端已经不是现在的人所能做到。他处处用真诚待朋友，故他的朋友和他来往长久了，没有一个不受他的感化的。即如我自己也不知得了他多少益处。己酉庚戌两年我在上海做了许多无意识的事，后来一次大醉，几乎死了。那时幸有怡荪极力劝我应留美考试，又帮我筹款做路费。我到美国之后，他给我的第一封信就说："足下此行，问学之外，必须祓（fú）除旧染，砥砺廉隅，致力省察之功，修养之用。必如是持之有素，庶将来涉世，不至为习俗所靡，允为名父之子。"（庚戌十一月十七日信）自此以后，九年之中，几乎没有一封信里没有规劝我、勉励我的话。我偶然说了一句可取的话，或做了一首可看的诗，他一定写信来称赞我、鼓励我。我这十年的日记札记，他都替我保存起来。我没有回国的时候，他晓得我预备博士论文，没有时间做文章，他就把我的《藏晖室札记》节抄一部，送给《新青年》发表。我回国以后，看见他的小楷抄本，心里惭愧这种随手乱写的札记如何当得我的朋友费这许多精力来替我抄写。但他这种鼓励朋友的热心，实在能使人感激奋发。我回国以后，他时时有信给我，警告我"莫走错路"，"举措之宜，不可不慎"（六年旧七月初十日信），劝我"打定主意，认定路走，毋贪速效，勿急近功"（六年九月二十三日信）。爱谋生①（Emerson）说得好："朋友的交情把他的目的物当作神圣看待。要使他的朋友和他自己都变成神圣。"怡荪待朋友，真能这样做，他现在虽死了，但他的精神，他的影响，永永留在他的许多朋友的人格里，思想里，精神里，……将来间接又间接，传到无穷，怡荪是不会死的！

民国八年六月。

（原载于《新中国》第1卷4号，后收入《胡适文存》卷4。）

---

① 即爱默生。

记辜鸿铭

辜鸿铭祖籍福建，生于马来西亚。父亲是说闽南话、英语、马来语的华人，母亲是讲英语、葡萄牙语的金发碧眼的欧洲人。在当时人们的眼中，他学贯中西，是清末精通西洋科学、语言兼及东方文化的中国第一人，号称"清末怪杰"。他掌握了英文、德文、法文、拉丁文、希腊文，是英国爱丁堡大学的文学硕士。他用外文翻译了"四书"中的《论语》《中庸》和《大学》，著有《中国的牛津运动》和《中国人的精神》等英文书，热衷于向西方人宣传东方的文化和精神，并产生了重大的影响。在西方形成了"到中国可以不看紫禁城，不可不看辜鸿铭"的说法。

本文是回忆小记，作者凭借日记的记载和回忆，选择几个较特殊的生活场景和辜鸿铭的言行，表现出了一个极具个性的人物。

民国十年十月十三夜，我的老同学王彦祖先生请法国汉学家戴弥微先生（Mon Demiéville）在他家中吃饭，陪客的有辜鸿铭先生，法国的□先生，徐墀先生，和我；还有几位，我记不得了。这一晚的谈话，我的日记里留有一个简单的记载，今天我翻看旧日记，想起辜鸿铭的死，想起那晚上的主人王彦祖也死了，想起十三年之中人事变迁的迅速，我心里颇有不少的感触。所以我根据我的旧日记，用记忆来补充它，写成这篇辜鸿铭的回忆。

辜鸿铭向来是反对我的主张的，曾经用英文在杂志上驳我；有一次为了我在《每周评论》上写的一段短文，他竟对我说，要在法庭控告我。然而在见面时，他对我总很客气。

这一晚他先到了王家，两位法国客人也到了；我进来和他握手时，他对那两位外国客说："Here comes my learned enemy！"① 大家都笑了。

入座之后，戴弥微的左边是辜鸿铭，右边是徐墀。大家正在喝酒吃菜，忽然辜鸿铭用手在戴弥微的背上一拍，说："先生，你可要小心！"戴先生吓了一跳，问他为什么，他说："因为你坐在辜疯子和徐癫子②的中间！"大家听了，哄堂大笑，因为大家都知道，"Cranky Hsü"和"Crazy Ku"③的两个绰号。

---

① 大意为"这是我博学的敌人。"
② 辜鸿铭和徐墀的绰号。
③ Cranky，古怪的。Crazy，癫狂的。

差不多先生传

一会儿，他对我说："去年张少轩（张勋）过生日，我送了他一副对子，上联是'荷尽已无擎雨盖'，——下联是什么？"我当他是集句的对联，一时想不起好对句，只好问他，"想不出好对，你对的什么？"他说："下联是'菊残犹有傲霜枝'。"我也笑了。

他又问："你懂得这副对子的意思吗？"我说："'菊残犹有傲霜枝'当然是张大帅和你老先生的辫子了。'擎雨盖'是什么呢？"他说："是清朝的大帽。"我们又大笑。

他在席上大讲他最得意的安福国会选举时他卖票的故事，这个故事我听他亲口讲过好几次了，每回他总添上一点新花样，这也是老年人说往事的普通毛病。

安福部当权时，颁布了一个新的国会选举法，其中有一部分的参议员是须由一种中央通儒院票选的，凡国立大学教授，凡在国外大学得学位的，都有选举权。于是许多留学生有学士硕士博士文凭的，都有人来兜买。本人不必到场，自有人拿文凭去登记投票。据说当时的市价是每张文凭可卖二百元。兜买的人拿了文凭去，还可以变化发财。譬如一张文凭上的姓名是（Wu Ting），第一次可报"武定"，第二次可报"丁武"，第三次可报"吴廷"，第四次可说是江浙方音的"丁和"。这样办法，原价二百元，就可以卖八百元了。

辜鸿铭卖票的故事确是很有风趣的。他说："□□□来运动我投他一票，我说：'我的文凭早就丢了。'他说：'谁不认得你老

入座之后,戴弥微的左边是辜鸿铭,右边是徐墀。大家正在喝酒吃菜,忽然辜鸿铭用手在戴弥微的背上一拍,说:"先生,你可要小心!"戴先生吓了一跳,问他为什么,他说:"因为你坐在辜疯子和徐癫子的中间!"

人家？只要你亲自来投票，用不着文凭。'我说：'人家卖两百块钱一票，我老辜至少要卖五百块。'他说：'别人两百，你老人家三百。'我说：'四百块，少一毛钱不来，还得先付现款，不要支票。'他要还价，我叫他滚出去。他只好说：'四百块钱依你老人家。可是投票时务必请你到场。'

"选举的前一天，□□□果然把四百元钞票和选举入场证都带来了，还再三叮嘱我明天务必到场。等他走了，我立刻出门，赶下午的快车到了天津，游玩一番。两天工夫，钱花光了，我才回北京来。

"□□□听说我回来了，赶到我家，大骂我无信义。我拿起一根棍子，指着那个留学生小政客，说：'你瞎了眼睛，敢拿钱来买我！你也配讲信义！你给我滚出去！从今以后不要再上我门来！'

"那小子看见我的棍子，真个乖乖地逃出去了。"

说完了这个故事，他回过头来对我说："你知道有句俗话：'监生拜孔子，孔子吓一跳。'我上回听说□□□的孔教会要去祭孔子，我编了一首白话诗：

> 监生拜孔子，孔子吓一跳。
>
> 孔会拜孔子，孔子要上吊。

差不多先生传

胡先生，我的白话诗好不好？"

一会儿，辜鸿铭指着那两位法国客人大发议论了。他说："先生们，不要见怪，我要说你们法国人真有点不害羞，怎么把一个文学博士的名誉学位送给□□□！□先生，你的《□□报》上还登出□□□的照片来，坐在一张书桌边，桌上堆着一大堆书，题做'□大总统著书之图'！呃，呃，真羞煞人！我老辜向来佩服你们贵国，—— La belle France！①现在真丢尽了你们的 La belle France 的脸了！你们要是送我老辜一个文学博士，也还不怎样丢人！可怜的班乐卫先生，他把博士学位送给□□□，呃？"

那两位法国客人听了老辜的话，都很感觉不安，那位《□□报》的主笔尤其脸红耳赤，他不好不替他的政府辩护一两句。辜鸿铭不等他说完，就打断他的话，说："Monsieur②，你别说了。有一个时候，我老辜得意的时候，你每天来看我，我开口说一句话，你就说：'辜先生，您等一等。'你就连忙摸出铅笔和日记本子来，我说一句，你就记一句，一个字也不肯放过。现在我老辜倒霉了，你的影子也不上我门上来了。"

那位法国记者，脸上更红了。我们的主人觉得空气太紧张了，只好提议，大家散坐。

上文说起辜鸿铭有一次要在法庭控告我，这件事我也应该补

---

① 意为"漂亮的法国"。
② 意为"先生，绅士"。

叙一笔。

在民国八年八月间，我在《每周评论》第三十三期登出了一段随感录：

〔辜鸿铭〕现在的人看见辜鸿铭拖着辫子，谈着"尊王大义"，一定以为他是向来顽固的。却不知辜鸿铭当初是最先剪辫子的人；当他壮年时，衙门里拜万寿，他坐着不动。后来人家谈革命了，他才把辫子留起来。辛亥革命时，他的辫子还没有养全，拖带着假发接的辫子，坐着马车乱跑，很出风头。这种心理很可研究。当初他是"立异以为高"，如今竟是"久假而不归"了。

这段话是高而谦先生告诉我的，我深信高而谦先生不说谎话，所以我登在报上。那一期出版的一天，是一个星期日，我在北京西车站同一个朋友吃晚饭。我忽然看见辜鸿铭先生同七八个人也在那里吃饭。我身边恰好带了一张《每周评论》，我就走过去，把报送给辜先生看。他看了一遍，对我说："这段记事不很确实。我告诉你我剪辫子的故事。我的父亲送我出洋时，把我托给一位苏格兰教士，请他照管我。但他对我说：现在我完全托了□先生，你什么事都应该听他的话。只有两件事我要叮嘱你：第一，你不可进耶稣教；第二，你不可剪辫子。我到了苏格兰，跟

差不多先生传

着我的保护人,过了许多时。每天出门,街上小孩子总跟着我叫喊:'瞧呵,支那人的猪尾巴!'我想着父亲的教训,忍着侮辱,终不敢剪辫。那个冬天,我的保护人往伦敦去了,有一天晚上我去拜望一个女朋友。这个女朋友很顽皮,她拿起我的辫子来赏玩,说中国人的头发真黑得可爱。我看她的头发也是浅黑的,我就说:'你要肯赏收,我就把辫子剪下来送给你。'她笑了;我就借了一把剪子,把我的辫子剪下来送了给她。这是我最初剪辫子的故事。可是拜万寿,我从来没有不拜的。"他说时指着同坐的几位老头子,"这几位都是我的老同事。你问他们,我可曾不拜万寿牌位?"

我向他道歉,仍回到我们的桌上。我远远地望见他把我的报纸传给同坐客人看。我们吃完了饭,我因为身边只带了这一份报,就走过去向他讨回那张报纸。大概那班客人说了一些挑拨的话,辜鸿铭站起来,把那张《每周评论》折成几叠,向衣袋里一插,正色对我说:"密斯忒①胡,你在报上毁谤了我,你要在报上向我正式道歉。你若不道歉,我要向法庭控告你。"

我忍不住笑了。我说:"辜先生,你说的话是开我玩笑,还是恐吓我?你要是恐吓我,请你先去告状;我要等法庭判决了才向你正式道歉。"我说了,点点头,就走了。

---

① 英文Mr.的音译,先生的意思。

后来他并没有实行他的恐吓。大半年后,有一次他见着我,我说:"辜先生,你告我的状子进去了没有?"他正色说:"胡先生,我向来看得起你;可是你那段文章实在写得不好!"

(原载于1935年8月11日《大公报·文艺副刊》第64期。)

追悼志摩

　　徐志摩是一位极富才情的现代诗人，是新月诗派的代表，他有大量的诗篇流传（人们最耳熟能详的莫过于《再别康桥》了），也有很多浪漫故事为人津津乐道。

　　1931年11月19日，徐志摩因飞机失事遇难，年仅34岁。徐志摩遇难后，《新月》月刊出第四卷第一期"志摩纪念号"，刊载多篇怀人悼亡之作，《追悼志摩》是其中影响最大、流传最广的一篇。

　　作为好友，胡适在对徐志摩去世的悲痛中写了此文，文字情真意切，材料细致缜密。全文以徐志摩的诗与书信对话为提纲，贯穿始终，阐释了徐志摩的人生信念，诠释了徐志摩诗化的人生与追求，同时澄清了社会对徐志摩行为的一些误解。

悄悄的我走了,

　　正如我悄悄的来;

我挥一挥衣袖,

　　不带走一片云彩。

　　　　（《再别康桥》）

　　志摩这一回真走了！可不是悄悄的走。在那淋漓的大雨里,在那迷蒙的大雾里,一个猛烈的大震动,三百匹马力的飞机碰在一座终古不动的山上,我们的朋友额上受了一下致命的撞伤,大概立刻失去了知觉,半空中起了一团天火,像天上陨了一颗大星似的直掉下地去。我们的志摩和他的两个同伴就死在那烈焰里了！

　　我们初得着他的死信,都不肯相信,都不信志摩这样一个可爱的人会死得这么惨酷。但在那几天的精神大震撼稍稍过去之后,我们忍不住要想,那样的死法也许只有志摩最配。我们不相信志摩会"悄悄的走了",也不忍想志摩会死一个"平凡的死",死在天空之中,大雨淋着,大雾笼罩着,大火焚烧着,那撞不倒的山头在旁边冷眼瞧着,我们新时代的新诗人,就是要自己挑一种死法,也挑不出更合适,更悲壮的了。

　　志摩走了,我们这个世界里被他带走了不少云彩。他在我们这些朋友之中,真是一片最可爱的云彩,永远是温暖的颜色,永

差不多先生传

远是美的花样，永远是可爱。他常说：

> 我不知道风
> 是在哪一个方向吹——

我们也不知道风是在哪一个方向吹，可是狂风过去之后，我们的天空变惨淡了，变寂寞了，我们才感觉我们的天上的一片最可爱的云彩被狂风卷去了，永远不回来了！

这十几天里，常有朋友到家里来谈志摩，谈起来常常有人痛哭。在别处痛哭他的，一定还不少。志摩所以能使朋友这样哀念他，只是因为他的为人整个的只是一团同情心，只是一团爱。叶公超先生说：

> 他对于任何人，任何事，从未有过绝对的怨恨，甚至于无意中都没有表示过一些憎嫉的神气。

陈通伯先生说：

> 尤其朋友里缺不了他。他是我们的连索，他是黏着性的，发酵性的。在这七八年中，国内文艺界里起了不少的风波，吵了不少的架，许多很熟的朋友往往弄得不

半空中起了一团天火,像天上陨了一颗大星似的直掉下地去。我们的志摩和他的两个同伴就死在那烈焰里了!

能见面。但我没有听见有人怨恨过志摩。谁也不能抵抗志摩的同情心，谁也不能避开他的黏着性。他才是和事佬，他有无穷的同情，他总是朋友中间的"连索"。他从没有疑心，他从不会妒忌，使这些多疑善妒的人们十分惭愧，又十分羡慕。

他的一生真是爱的象征。爱是他的宗教，他的上帝。

> 我攀登了万仞的高冈，
> 荆棘扎烂了我的衣裳，
> 我向飘渺的云天外望——
> 　　上帝，我望不见你！
> ……
> 我在道旁见一个小孩：
> 活泼，秀丽，褴褛的衣衫；
> 他叫声"妈"，眼里亮着爱——
> 　　上帝，他眼里有你！
>
> 　　　　　　　　（《他眼里有你》）

志摩今年在他的《猛虎集·自序》里，曾说他的心境是"一个

差不多先生传

曾经有单纯信仰的流入怀疑的颓废"。这句话是他最好的自述。他的人生观真是一种"单纯信仰"，这里面只有三个大字：一个是爱，一个是自由，一个是美。他梦想这三个理想的条件能够会合在一个人生里，这是他的"单纯信仰"。他的一生的历史，只是他追求这个单纯信仰的实现的历史。

社会上对于他的行为，往往有不谅解的地方，都只因为社会上批评他的人不曾懂得志摩的"单纯信仰"的人生观。他的离婚和他的第二次结婚，是他一生最受社会严厉批评的两件事。现在志摩的棺已盖了，而社会上的议论还未定。但我们知道这两件事的人，都能明白，至少在志摩的方面，这两件事最可以代表志摩的单纯理想的追求。他万分诚恳地相信那两件事都是他实现他那"美与爱与自由"的人生的正当步骤。这两件事的结果，在别人看来，似乎都不曾能够实现志摩的理想生活。但到了今日，我们还忍用成败来议论他吗？

我忍不住我的历史癖，今天我要引用一点神圣的历史材料，来说明志摩决心离婚时的心理。民国十一年三月，他正式向他的夫人提议离婚，他告诉她，他们不应该继续他们的没有爱情没有自由的结婚生活了，他提议"自由之偿还自由"，他认为这是"彼此重见生命之曙光，不世之荣业"。他说：

> 故转夜为日，转地狱为天堂，直指顾间事矣。……

真生命必自奋斗自求得来，真幸福亦必自奋斗自求得来，真恋爱亦必自奋斗自求得来！彼此前途无限，……彼此有改良社会之心，彼此有造福人类之心，其先自作榜样，勇决智断，彼此尊重人格，自由离婚，止绝苦痛，始兆幸福，皆在此矣。

这信里完全是青年的志摩的单纯的理想主义，他觉得那没有爱又没有自由的家庭是可以摧毁他们的人格的，所以他下了决心，要把自由偿还自由，要从自由求得他们的真生命，真幸福，真恋爱。

后来他回国了，婚是离了，而家庭和社会都不能谅解他。最奇怪的是他和他已离婚的夫人通信更勤，感情更好。社会上的人更不明白了。志摩是梁任公先生最爱护的学生，所以民国十二年任公先生曾写一封很长很恳切的信去劝他。在这信里，任公提出两点：

其一，万不容以他人之苦痛，易自己之快乐。弟之此举，其于弟将来之快乐能得与否，殆茫如捕风，然先已予多数人以无量之苦痛。

其二，恋爱神圣为今之少年所乐道。……兹事盖可遇而不可求。……况多情多感之人，其幻想起落鹘突，

差不多先生传

而得满足得宁帖也极难。所梦想之神圣境界恐终不可得，徒以烦恼终其身已耳。

任公又说：

呜呼志摩！天下岂有圆满之宇宙？……当知吾侪以不求圆满为生活态度，斯可以领略生活之妙味矣。……若沉迷于不可必得之梦境，挫折数次，生意尽矣，郁邑侘傺（chà chì）以死，死为无名。死犹可也，最可畏者，不死不生而堕落至不复能自拔。呜呼志摩，可无惧耶！可无惧耶！

（十二年一月二日信）

任公一眼看透了志摩的行为是追求一种"梦想的神圣境界"，他料到他必要失望，又怕他少年人受不起几次挫折，就会死，就会堕落。所以他以老师的资格警告他："天下岂有圆满之宇宙？"

但这种反理想主义是志摩所不能承认的。他答复任公的信，第一不承认他是把他人的苦痛来换自己的快乐。他说：

我之甘冒世之不韪，竭全力以斗者，非特求免凶惨之苦痛，实求良心之安顿，求人格之确立，求灵魂之救度耳。

人谁不求庸德？人谁不安现成？人谁不畏艰险？然而有突围而出者，夫岂得已而然哉？

第二，他也承认恋爱是可遇而不可求的，但他不能不去追求。他说：

我将于茫茫人海中访我唯一灵魂之伴侣；得之，我幸；不得，我命，如此而已。

他又相信他的理想是可以创造培养出来的。他对任公说：

嗟夫吾师！我尝奋我灵魂之精髓，以凝成一理想之明珠，涵之以热满之心血，朗照我深奥之灵府。而庸俗忌之嫉之，辄欲麻木其灵魂，捣碎其理想，杀灭其希望，污毁其纯洁！我之不流入堕落，流入庸懦，进入卑污，其几亦微矣！

我今天发表这三封不曾发表过的信，因为这几封信最能表现那个单纯的理想主义者徐志摩。他深信理想的人生必须有爱，必须有自由，必须有美；他深信这种三位一体的人生是可以追求的，至少是可以用纯洁的心血培养出来的。——我们若从这个观点来观察志摩一生，他这十年中的一切行为就全可以了解了。我还可以说，只有从这个观点上才可以了解志摩的行为；我们必须先认清了他的单纯信仰的人生观，方才认得清志摩的为人。

志摩最近几年的生活，他承认是失败。他有一首题为《生活》的诗，暗惨得可怕：

阴沉，黑暗，毒蛇似的蜿蜒，
生活逼成了一条甬道：
一度陷入，你只可向前，
手扪索着冷壁的粘潮，
在妖魔的脏腑内挣扎，
头顶不见一线的天光，
这魂魄，在恐怖的压迫下，
除了消灭更有什么愿望？

（十九年五月二十九日）

他的失败是一个单纯的理想主义者的失败。他的追求，使我们惭愧，因为我们的信心太小了，从不敢梦想他的梦想。他的失败，也应该使我们对他表示更深厚的恭敬与同情，因为偌大的世界之中，只有他有这信心，冒了绝大的危险，费了无数的麻烦，牺牲了一切平凡安逸，牺牲了家庭的亲谊和人间的名誉，去追求，去试验一个"梦想之神圣境界"，而终于免不了惨酷的失败，也不完全是他的人生观的失败。他的失败是因为他的信仰太单纯了，而这个现实世界太复杂了，他的单纯的信仰禁不起这个现实世界的摧毁；正如易卜生的诗剧 *Brand* 里的那个理想主义者，抱着他的理想，在人间处处碰钉子，碰得焦头烂额，失败而死。

然而我们的志摩"在这恐怖的压迫下"，从不叫一声"我投降了"！他从不曾完全绝望，他从不曾绝对怨恨谁。他对我们说：

> 你们不能更多的责备。我觉得我已是满头的血水，能不低头已算是好的。

（《猛虎集·自序》）

是的，他不曾低头。他仍旧昂起头来做人；他仍旧是那一团的同情心，一团的爱，我们看他替朋友做事，替团体做事，他总是仍旧那样热心，仍旧那样高兴。几年的挫折，失败，苦痛，似乎使他更成熟了，更可爱了。

他在苦痛之中，仍旧继续他的歌唱。他的诗作风也更成熟了。他所谓"初期的汹涌性"固然是没有了，作品也减少了；但

差不多先生传

是他的意境变深厚了，笔致变淡远了，技术和风格都更进步了。这是读《猛虎集》的人都能感觉到的。

志摩自己希望今年是他的"一个真正的复活的机会"。他说：

> 抬起头居然又见到天了。眼睛睁开了，心也跟着开始了跳动。

我们一班朋友都替他高兴。他这几年来想用心血浇灌的花树也许是枯萎的了；但他的同情，他的鼓舞，早又在别的园地里种出了无数的可爱的小树，开出了无数可爱的鲜花。他自己的歌唱有一个时期是几乎消沉了；但他的歌声引起了他的园地外无数的歌喉，嘹亮的唱，哀怨的唱，美丽的唱。这都是他的安慰，都使他高兴。

谁也想不到在这个最有希望的复活时代，他竟丢了我们走了！他的《猛虎集》里有一首咏一只黄鹂的诗，现在重读了，好像他在那里描写他自己的死，和我们对他的死的悲哀：

> 等候他唱，我们静着望，
> 怕惊了他。但他一展翅，
> 冲破浓密，化一朵彩云：
> 他飞了，不见了，没了——

像是春光，火焰，像是热情。

志摩这样一个可爱的人，真是一片春光，一团火焰，一腔热情。现在难道都完了？

决不！决不！志摩最爱他自己的一首小诗，题目叫做"偶然"，在他的《卞昆冈》剧本里，在那个可爱的孩子阿明临死时，那个瞎子弹着三弦，唱着这首诗：

我是天空里的一片云，
偶尔投影在你的波心——
　　你不必讶异，
　　更无需欢喜——
在转瞬间消灭了踪影。

你我相逢在黑夜的海上，
你有你的，我有我的，方向。
　　你记得也好，
　　最好你忘掉，
在这交会时互放的光亮！

朋友们，志摩是走了，但他投的影子会永远留在我们心里，

差不多先生传

他放的光亮也会永远在人间,他不曾白来了一世。我们有了他做朋友,也可以安慰自己说不曾白来了一世。我们忘不了,和我们

在那交会时互放的光亮!

二十年,十二月,三日夜。

〔原载于1932年3月《新月》第4卷第1期(志摩纪念号),署名胡适。后收入台北文星书店1966年6月版《胡适选集》。〕

追想胡明复

胡明复，江苏无锡人，中国第一位现代数学博士，参与创建了中国最早的综合性科学团体——中国科学社和最早的综合性科学杂志——《科学》，与哥哥胡敦复、弟弟胡刚复并称"三胡"。1927年6月12日，在无锡溺水身亡。

胡明复原名孔孙，后改名胡达，与胡适同为留美官费生。胡适从赴美途中开始写日记，写到在美国的学习生活、热心办学生社团、交谊等，既见其情谊，又看到那一代鸿儒巨子们的聪敏勤奋、意气风发，充满社会责任感。

这篇纪念文章实际是作者对当年留美生活的回忆。留美期间同学们互助互励的学习、工作和生活，反映了他们当时积极的精神风貌。文章从群体的回忆中突出反映了胡明复在学习、工作方面的态度和成就。后来胡明复的突然去世，使作者感到十分的悲痛和遗憾。

差不多先生传

宣统二年（1910）七月，我到北京考留美官费。那一天，有人来说，发榜了。我坐了人力车去看榜，到史家胡同时，天已黑了。我拿了车上的灯，从榜尾倒看上去（因为我自信我考的很不好），看完了一张榜，没有我的名字，我很失望。看过头上，才知道那一张是"备取"的榜。我再拿灯照读那"正取"的榜，仍是倒读上去。看到我的名字了！仔细一看，却是"胡达"，不是"胡适"。我再看上去，相隔很近，便是我的姓名了。我抽了一口气，放下灯，仍坐原车回去了，心里却想着，"那个胡达不知是谁，几乎害我空高兴一场！"

那个胡达便是胡明复。后来我和他和宪生都到康南耳大学[①]，中国同学见了我们的姓名，总以为胡达、胡适是兄弟，却不知道宪生和他是堂兄弟，我和他却全无亲属的关系。

那年我们同时放洋的共有七十一人，此外还有胡敦复先生、唐孟伦先生、严约冲先生。船上十多天，大家都熟了。但是那时已可看出许多人的性情嗜好。我是一个爱玩的人，也吸纸烟，也爱喝柠檬水，也爱学打"五百"及"高低，杰克"等等纸牌。在吸烟室里，我认得了宪生，常同他打"Shuffle Board"；我又常同严约冲、张彭春、王鸿卓打纸牌。明复从不同我们玩。他和赵元任、周仁总是同胡敦复在一块谈天；我们偶然听见他们谈话，知

---

① 通译康奈尔大学。

道他们谈的是算学问题，我们或是听不懂，或是感觉没有趣味，只好走开，心里都恭敬这一小群的学者。

到了绮色佳①（Ithaca）之后，明复与元任所学相同，最亲热；我在农科，同他们见面时很少。到了一九一二年以后，我改入文科，方才和明复、元任同在克雷登（Prot.J.E. Creighton）先生的哲学班上。我们三个人同坐一排，从此我们便很相熟了。明复与元任的成绩相差最近，竞争最烈。他们每学期的总平均总都在九十分以上；大概总是元任多着一分或半分，有一年他们相差只有几厘。他们在康南耳四年，每年的总成绩都是全校最高的。一九一三年，我们三人同时被举为Phi Beta Kappa会员；因为我们同在克雷登先生班上，又同在一排，故同班的人都很欣羡；其实我的成绩远不如他们两位。一九一四年，他们二人又同时被举为Sigma Xi会员，这是理科的名誉学会，得之很难；他们两人同时已得Phi Beta Kappa的"会钥"，又得Sigma Xi "会钥"，更是全校稀有的荣誉。（郭复先生也是Phi Beta Kappa的会员。）

明复是科学社的发起人，这是大家知道的。这件事的记载，我在我的《藏晖室札记》里居然留得一点材料，现在摘记在此，也许可供将来科学社修史的人参考。

科学社发起的人是赵元任、胡达（明复）、周仁、秉志、过

---
① 美国伊萨卡学院。

差不多先生传

探先、杨铨、任鸿隽、金邦正、章元善。他们有一天（1914）聚在世界会（Cosmopolitan Club）的一个房间里，——似是过探先所住，——商量要办一个月报，名为"科学"。后来他们公推明复与杨铨、任鸿隽等起草，拟定"科学社"的招股章程。最初的章程是杨铨手写付印的，其全文如下：

科学社招股章程

（1）定名　本社定名科学社（Science Society）。

（2）宗旨　本社发起"科学"（Science）月刊，以提倡科学，鼓吹实业，审定名词，传播知识，为宗旨。

（3）资本　本社暂时以美金四百元为资本。

（4）股份　本社发行股份票四十份，每份美金十元。其二十份由发起人担任，余二十份发售。

（5）交股法　购一股者，限三期交清，以一月为一期：第一期五元，第二期三元，第三期二元。购二股者，限五期交清：第一期六元，第二三期各四元，第四五期各三元。每股东以三股为限，购三股者其二股依上述二股例交付，余一股照单购法办理。凡股东入股，转股，均须先经本社认可。

（6）权利　股东有享受盈余及选举被选举权。

（7）总事务所　本社总事务所暂设美国以萨克

（Ithaca）城。

（8）期限　营业期限无定。

（9）通讯处　美国过探先。（住址从略）

当时的目的只想办一个"科学"月刊，资本只要美金四百元。后来才放手做去，变成今日的科学社，"科学"月刊的发行只成为社中的一件附属事业了。

当时大家决定，先须收齐三个月的稿子，然后赶送出付印。明复在编辑上的功劳最大；他不但自己撰译了不少稿子，还担任整理别人的稿件，统一行款，改换标点，故他最辛苦。他在社中后来的贡献与劳绩，是许多朋友都知道的，不用我说了。

明复学的是数学物理，但他颇注意于他所专习的科学以外的事情。我住在世界会，常见明复到会里来看杂志；别的科学学生很少来的。

有一件事可以作证。民国元年（1912）十一月里，明复和我发起一个政治研究会。那时在革命之后，大家都注意政治问题，故有这个会的组织。第一次组织会在我的房间里开会，会员共十人，议决：

（1）每两星期开会一次。

（2）每会讨论一个问题，由会员二人轮次预备论文宣读。论文完后，由会员讨论。

（3）每会由会员一人轮当主席。

（4）会期在星期六下午二时。

第一次论会的论题为"美国议会"，由过探先与我担任。第二次论题为，"租税制度"，由胡明复与尤怀皋担任。我的日记有这一条：

十二月廿一日，中国学生政治研究会第二次会，论"租税"。胡明复、尤怀皋二君任讲演，甚有兴味。二君所预备演稿俱极精详，费时当不少，其热心可佩也。

明复与元任后来都到哈佛去了。那时杏佛（杨铨）编辑"科学"，常向他们催稿子。民国五年（1916）六月间，杏佛作了一首白话打油诗寄给明复：——

寄胡明复
自从老胡去，这城天气凉。
新屋有风阁，清福过帝王。
境闲心不闲，手忙脚更忙。

为我告"夫子"①,"科学"要文章。

元任见此诗,也和了一首:——

寄杨杏佛

自从老胡来,此地暖如汤。

"科学"稿已去,"夫子"不敢当。

才完就要做,忙似阎罗王。

幸有"辟克匿"②,那时波士顿肯里白奇的社友还可大大的乐一场!

这也可以表示当时的朋友之乐,与科学社编辑部工作的状况。民国三年(1914)明复得盲肠炎,幸早去割了,才得无事。民国五年(1916),元任也得盲肠炎,也得割治。那时我在纽约,作了一首打油诗寄给元任,并寄给明复看:——

闻道先生病了,叫我吓了一跳。

"阿彭底赛梯斯!"③这事有点不妙!

---

① 元任有"prof"的绰号。——作者原注(下同)。
② Picnic的音译(野餐,郊游)。
③ Appendicitis盲肠炎。

差不多先生传

依我仔细看来，这病该怪胡达。

你和他两口儿，可算得亲热杀：

同学同住同事，今又同到哈袜①，

同时"西葛玛鳃"，同时"斐贝卡拔"②。

前年胡达破肚，今年"先生"③该割。

莫怪胡适无礼，嘴里夹七夹八。

要"先生"开口笑，病中快活快活。

更望病早早好，阿弥陀佛菩萨！

那时候我正开始作白话诗，常同一班朋友讨论文学问题。明复有一天忽然寄了两首打油诗来，不但是白话的，竟是土白的。第一首是：

纽约城里，

有个胡适，

白话连篇，

成啥样式！

---

① Harvard哈佛。
② Sigma Xi和Phi Beta Kappa。
③ 指元任。

第二首是一首"宝塔诗"：——

痴！

适之！

勿读书！

香烟一支！

单做白话诗！

说时快，做时迟。

一做就是三小时！

我也答他一首"宝塔诗"：——

咦！

希奇！

胡格哩，

勁（fiào）我做诗！

这话不须提。

我做诗快得希，

从来不用三小时。

提起笔何用费心思，

笔尖儿嗤嗤嗤嗤地飞，

差不多先生传

也不管宝塔诗有几层儿!

这种朋友游戏的乐处,可怜如今都成永不回来的陈迹了!

去年五月底,我从外国回来,住在沧州旅馆。有一天,吴稚晖先生在我的房里大谈。门外有客来了,我开门看时,原来是明复同周子竞(仁)两位。我告诉他们,里面是稚晖先生。他们怕打断吴先生的谈话,不肯进来,说"过几天再来谈",都走了。我以为,大家同在上海,相见很容易的。谁知不多时明复遂死了,那一回竟是我同他的永诀了。他永永不再来谈了!

一九二八,三,十七。

(原载于《科学》第13卷第6期,原题《回忆明复》,后收入《胡适文存三集》,改本题。)

追忆曾孟朴先生

曾孟朴，名曾朴，孟朴是他的字。他是中国清末民初著名的小说家、出版家，江苏常熟人，笔名东亚病夫。他虽然出生于官僚世家，却不愿躬身做一个碌碌无为的小官。他曾参加"立宪运动"，鼓吹改良主义，辛亥革命爆发后加入共和党，担任江苏省财政厅长、政务厅长等职务，还与友人徐念慈等人创立小说林书社，从事文学创作活动。曾孟朴最著名的作品就是"晚清四大谴责小说"之一的《孽海花》。

在这篇悼念性的文章中，作者并没有用太多的笔墨去写曾老先生的成就，而是把重点落在曾朴积极追求文学事业和对当时沉闷的文学现状进行文学革命的大力支持上。如提倡翻译引进西方积极的文学作品，鼓励年轻人创作。他作为"一位中国新文坛的老先觉"而奠定了他在中国新文学史上的地位。

差不多先生传

我在上海做学生的时代,正是东亚病夫的《孽海花》在《小说林》上陆续刊登的时候,我的哥哥绍之曾对我说这位作者就是曾孟朴先生。

隔了近二十年,我才有认识曾先生的机会,我那时在上海住家,曾先生正在发愿努力翻译法国文学大家嚣俄①的戏剧全集。我们见面的次数很少,但他的谦逊虚心,他的奖掖的热心,他的勤奋工作都使我永永不能忘记。

我在民国六年七年之间,曾在《新青年》上和钱玄同先生通讯讨论中国新旧的小说,在那些讨论里我们当然提到《孽海花》,但我曾很老实地批评《孽海花》的短处。十年后我见着曾孟朴先生,他从不曾向我辩护此书,也不曾因此减少他待我的好意。

他对我的好意,和他对于我的文学革命主张的热烈的同情,都曾使我十分感动,他给我的信里曾有这样的话:"您本是……国故田园里培养成熟的强苗,在根本上,环境上,看透了文学有改革的必要,独能不顾一切,在遗传的重重罗网里杀出一条血路来,终究得到了多数的同情,引起了青年的狂热。我不佩服你别的,我只佩服你当初这种勇决的精神,比着托尔斯泰弃爵放农身殉主义的精神,有何多让!"这样热烈的同情,从一位自称"时代消磨了色彩的老文人"坦白地表述出来,如何能不使我又感动

---

① 即雨果(Victor Hugo,1802—1885),早期译为"嚣俄"。

又感谢呢！

我们知道他这样的热情一部分是因为他要鼓励一个年轻的后辈，大部分是因为他自己也曾发过"文学狂"，也曾发下宏愿要把外国文学的重要作品翻译成中国文，也曾有过"扩大我们文学的旧领域"的雄心。正因为他自己是一个梦想改革中国文学的老文人，所以他对于我们一班少年人都抱着热烈的同情，存着绝大的期望。

我最感谢的一件事是我们的短短交谊居然引起了他写给我的那封六千字的自叙传的长信（《胡适文存三集》，页一一二五——一一三八）。在那信里，他叙述他自己从光绪乙未（1895）开始学法文，到戊戌（1898）认识了陈季同将军，方才知道西洋文学的源流派别和重要作家的杰作。后来他开办了小说林和宏文馆书店，——我那时候每次走过棋盘街，总感觉这个书店的双名有点奇怪，——他告诉我们，他的原意是要"先就小说上做成个有系统的译述，逐渐推广范围，所以店名定了两个"。他又告诉我们，他曾劝林琴南①先生用白话翻译外国的"重要名作"，但林先生听不懂他的劝告，他说："我在畏卢先生身上不能满足我的希望后，从此便不愿和人再谈文学了。"他对于我们的文学革命论十分同情，正是因为我们的主张是比较能够"满足他的希望"的。

---

① 即林纾（1852—1924），近代文学家。原名群玉，字琴南，号畏庐、冷红生。福建闽县（今福州）人。

差不多先生传

　　但是他的冷眼观察使他对于那个开创时期的新文学"总觉得不十分满足",他说:"我们在这新辟的文艺之园里巡游了一周,敢说一句话:精致的作品是发现了,只缺少了伟大。"这真是他的老眼无花,一针见血!他指出中国新文艺所以缺乏伟大,不外两个原因:一是懒惰,一是欲速。因为懒惰,所以多数少年作家只肯做那些"用力少而成功易"的小品文和短篇小说。因为欲速,所以他们"一开手便轻蔑了翻译,全力提倡创作"。他很严厉地对我们说:"现在要完成新文学的事业,非力防这两样毛病不可,欲除这两样毛病,非注重翻译不可。"他自己创办真美善书店,用意只是要替中国新文艺补偏救弊,要替它医病,要我们少年人看看他老人家的榜样,不可轻蔑翻译事业,应该努力"把世界已造成的作品,做培养我们创造的源泉"。

　　我们今日追悼这一位中国新文坛的老先觉,不要忘了他留给我们的遗训!

　　　　　　　　一九三三.九.十一夜半,在上海新亚饭店。
　　　　　　　　　（原载于1935年10月《宇宙风》第2期
　　　　　　　　　　　"纪念曾孟朴先生特刊"。）

丁在君这个人

　　丁文江，字在君。他是一个地质科学家，曾进行地质矿产调查，著有《扬子江芜湖以下的地质》等报告二十余种。他担任过中国地质调查所所长，1926年担任北洋军阀孙传芳统治下的淞沪商埠总办，晚年任国民党政府中央研究院总干事。这些经历在这篇纪念文章中都有所提及，但本文更是从为人的角度，全方位地向读者介绍了丁在君给人的可敬、可爱的印象。他受过较强的科学训练，所以，他在个人生活方面很严谨，在是非面前有很强的主观意志，强调私生活和政治生活的一致，对朋友十分热心，对青年学生注重培养提携，等等。他既是一个科学家，也很富有文学天才。通篇可见作者对他的敬仰和对他之死的惋惜之情。

差不多先生传

傅孟真先生的《我所认识的丁文江先生》，是一篇很伟大的文章，只有在君当得起这样一篇好文章。孟真说：

> 我以为在君确是新时代最良善最有用的中国人之代表；他是欧化中国过程中产生的最高的菁华；他是用科学知识作燃料的大马力机器；他是抹杀主观，为学术为社会为国家服务者，为公众之进步及幸福而服务者。

这都是最确切的评论。这里只有"抹杀主观"四个字也许要引起他的朋友的误会。在君是主观很强的人，不过孟真的意思似乎只是说他"抹杀私意"，"抹杀个人的利害"。意志坚强的人都不能没有主观，但主观是和私意私利绝不相同的。王文伯先生曾送在君一个绰号，叫做the conclusionist，可译做"一个结论家"。这就是说，在君遇事总有他的"结论"，并且往往不放松他的"结论"。一个人对于一件事的"结论"多少总带点主观的成分，意志力强的人带的主观成分也往往比较一般人要多些。这全靠理智的训练深浅来调剂。在君的主观见解是很强的，不过他受的科学训练较深，所以他的立身行道的大关节目上终不愧是一个科学时代的最高产儿。而他的意志的坚强又使他忠于自己的信念，知了就不放松，就决心去行，所以成为一个最有动力的现代领袖。

在君从小不喜欢吃海味，所以他一生不吃鱼翅、鲍鱼、海参。我常笑问他：这有什么科学的根据？他说不出来，但他终不破戒。但是他有一次在贵州内地旅行，到了一处地方，他和他的跟人都病倒了。本地没有西医，在君是绝对不信中医的，所以他无论如何不肯请中医诊治，他打电报到贵阳去请西医，必须等贵阳的医生赶到了他才肯吃药。医生还没有赶到，他的跟人已病死了，人都劝在君先服中药，他终不肯破戒。我知道他终身不曾请教过中医，正如他终身不肯拿政府干薪，终身不肯因私事旅行借用免票坐火车一样的坚决。

我常说，在君是一个欧化最深的中国人，是一个科学化最深的中国人。在这一点根本立场上，眼中人物真没有一个人能比上他。这也许是因为他十五岁就出洋，很早就受了英国人生活习惯的影响的缘故。他的生活最有规则：睡眠必须八小时，起居饮食最讲究卫生，在外面饭馆里吃饭必须用开水洗杯筷；他不喝酒，常用酒来洗筷子；夏天家中吃无皮的水果，必须在滚水里浸二十秒钟。他最恨奢侈，但他最注重生活的舒适和休息的重要：差不多每年总要寻一个歇夏的地方，很费事的布置他全家去避暑；这是大半为他的多病的夫人安排的，但自己也必须去住一个月以上；他的弟弟，侄儿，内侄女，都往往同去，有时还邀朋友去同住。他绝对服从医生的劝告：他早年有脚痒病，医生说赤脚最有效，他就终身穿有多孔的皮鞋，在家常赤脚，在熟朋友家中也常脱袜子，光着脚谈天，所以他自称"赤脚大仙"。他吸雪茄烟有

差不多先生传

二十年了,前年他脚指有点发麻,医生劝他戒烟,他立刻就戒绝了。这种生活习惯都是科学化的习惯;别人偶一为之,不久就感觉不方便,或怕人讥笑,就抛弃了。在君终身奉行,从不顾社会的骇怪。

他的立身行己,也都是科学化的,代表欧化的最高层。他最恨人说谎,最恨人懒惰,最恨人滥举债,最恨贪污。他所谓"贪污",包括拿干薪,用私人,滥发荐书,用公家免票来做私家旅行,用公家信笺来写私信,等等。他接受淞沪总办之职时,我正和他同住在上海客利饭店,我看见他每天接到不少的荐书。他叫一个书记把这些荐信都分类归档,他就职后,需要用某项人时,写信通知有荐信的人定期来受考试,考试及格了,他都雇用;不及格的,他一一通知他们的原荐人。他写信最勤,常怪我案上堆积无数未复的信。他说:"我平均写一封信费三分钟,字是潦草的,但朋友接着我的回信了。你写信起码要半点钟,结果是没有工夫写信。"蔡孑民[①]先生说在君"案无留牍",这也是他的欧化的精神。

罗文干先生常笑在君看钱太重,有寒伧气。其实这正是他的小心谨慎之处。他用钱从来不敢超过他的收入,所以能终身不欠债,所以能终身不仰面求人,所以能终身保持一个独立的清白之

[①] 即蔡元培(1868—1940),教育家。字鹤卿,号孑民。浙江绍兴人。

他早年有脚痒病，医生说赤脚最有效，他就终身穿有多孔的皮鞋，在家常赤脚，在熟朋友家中也常脱袜子，光着脚谈天，所以他自称"赤脚大仙"。

胡适

身。他有时和朋友打牌，总把输赢看得很重，他手里有好牌时，手心常出汗，我们常取笑他，说摸他的手心可以知道他的牌。罗文干先生是富家子弟出身，所以更笑他寒伧。及今思之，在君自从留学回来，担负一个大家庭的求学经费，有时候每年担负到三千元之多，超过他的收入的一半，但他从无怨言，也从不欠债；宁可抛弃他的学术生活去替人办煤矿，他不肯用一个不正当的钱：这正是他的严格的科学化的生活规律不可及之处；我们嘲笑他，其实是我们穷书生而有阔少爷的脾气，真不配批评他。

在君的私生活和他的政治生活是一致的。他的私生活的小心谨慎就是他的政治生活的预备。民国十一年，他在《努力周报》第七期上（署名"宗淹"）曾说，我们若想将来做政治生活，应做这几种预备：

第一，是要保存我们"好人"的资格。消极的讲，就是不要"作为无益"；积极的讲，是躬行克己，把责备人家的事从我们自己做起。

第二，是要做有职业的人，并且增加我们职业上的能力。

第三，是设法使得我们的生活程度不要增高。

第四，就我们认识的朋友，结合四五个人，八九个人的小团体，试做政治生活的具体预备。

差不多先生传

看前面的三条,就可以知道在君处处把私生活看作政治生活的修养。民国十一年他和我们几个人组织"努力",我们社员有两个标准:一是要有操守,二是要在自己的职业上站得住。他最恨那些靠政治吃饭的政客。他当时有一句名言:"我们是救火的,不是趁火打劫的。"(《努力》第六期)他做淞沪总办时,一面整顿税收,一面采用最新式的簿记会计制度。他是第一个中国大官卸职时半天办完交代的手续的。

在君的个人生活和家庭生活,孟真说他"真是一位理学大儒"。在君如果死而有知,他读了这句赞语定要大生气的!他幼年时代也曾读过宋明理学书,但他早年出洋以后,最得力的是达尔文、赫胥黎一流科学家的实事求是的精神训练。他自己曾说:

> 科学……是教育同修养最好的工具。因为天天求真理,时时想破除成见,不但使学科学的人有求真理的能力,而且有爱真理的诚心。无论遇见什么事,都能平心静气地去分析研究,从复杂中求单简,从紊乱中求秩序;拿论理来训练他的意想,而意想力愈增;用经验来指示他的直觉,而直觉力愈活。了然于宇宙生物心理种种的关系,才能够真知道生活的乐趣。这种活泼泼地心境,只有拿望远镜仰察过天空的虚漠,用显微镜俯视过

生物的幽微的人，方能参领的透彻，又岂是枯坐谈禅妄言玄理的人所能梦见？（《努力》第四十九期，《玄学与科学》）

这一段很美的文字，最可以代表在君理想中的科学训练的人生观。他最不相信中国有所谓"精神文明"，更不佩服张君劢（mài）先生说的"自孔孟以至宋元明之理学家侧重内生活之修养，其结果为精神文明"。民国十二年四月中在君发起"科学与玄学"的论战，他的动机其实只是要打倒那时候"中外合璧式的玄学"之下的精神文明论。他曾套顾亭林①的话来骂当日一班玄学宗拜者：

今之君子，欲速成以名于世，语之以科学，则不愿学，语之以柏格森杜里舒之玄学，则欣然矣，以其袭而取之易也。（同上）

这一场的论战现在早已被人们忘记了。因为柏格森杜里舒的玄学又早已被一批更时髦的新玄学"取而代之"了。然而我们在十三四年后回想那场论战的发难者，他终身为科学僇（lù）力，终

① 即顾炎武（1613—1682），明清之际思想家、学者。字宁人，江苏昆山人。学者称亭林先生。

差不多先生传

身奉行他的科学的人生观，运用理智为人类求真理，充满着热心为多数谋福利，最后在寻求知识的工作途中，歌唱着"为语麻姑桥下水，出山要比在山清"，悠然地死了，——这样的一个人，不是东方的内心修养的理学所能产生的。

丁在君一生最被人误会的是他在民国十五年的政治生活。孟真在他的长文里，叙述他在淞沪总办任内的功绩，立论最公平。他那个时期的文电，现在都还保存在一个好朋友的家里，将来作他传记的人（孟真和我都有这种野心）必定可以有详细公道的记载给世人看，我们此时可以不谈。我现在要指出的，只是在君的政治兴趣。十年前，他常说："我家里没有活过五十岁的，我现在快四十岁了，应该趁早替国家做点事。"这是他的科学迷信，我们常常笑他。其实他对政治是素来有极深的兴趣的。他是一个有干才的人，绝不像我们书生放下了笔杆就无事可办，所以他很自信有替国家做事的能力。他在民国十二年有一篇《少数人的责任》的讲演（《努力》第六十七期），最可以表示他对于政治的自信力和负责任的态度。他开篇就说：

> 我们中国政治的混乱，不是因为国民程度幼稚，不是因为政客官僚腐败，不是因为武人军阀专横；是因为"少数人"没有责任心，而且没有负责任的能力。

他很大胆地说：

中年以上的人，不久是要死的；来替代他们的青年，所受的教育，所处的境遇，都是同从前不同的。只要有几个人，有不折不回的决心，拔山蹈海的勇气，不但有知识而且有能力，不但有道德而且要做事业，风气一开，精神就要一变。

他又说：

只要有少数里面的少数，优秀里面的优秀，不肯束手待毙，天下事不怕没有办法的。……最可怕的是一种有知识有道德的人不肯向政治上去努力。

他又告诉我们四条下手的方法，其中第四条最可注意。他说：

要认定了政治是我们唯一的目的，改良政治是我们唯一的义务。不要再上人家当，说改良政治要从实业教育着手。

这是在君的政治信念。他相信，政治不良，一切实业教育都

差不多先生传

办不好。所以他要我们少数人挑起改良政治的担子来。

然而在君究竟是英国自由教育的产儿，他的科学训练使他不能相信一切破坏的革命的方式。他曾说：

我们是救火的，不是趁火打劫的。

其实他的意思是要说：

我们是来救火的，不是来放火的。

照他的教育训练看来，用暴力的革命总不免是"放火"，更不免要容纳无数"趁火打劫"的人。所以他只能期待"少数里的少数，优秀里的优秀"起来担负改良政治的责任，而不能提倡那放火式的大革命。

然而民国十五六年之间，放火式的革命到底来了，并且风靡了全国。在那个革命大潮流里，改良主义者的丁在君当然成了罪人了。到那个时代，在君曾对我说："许子将说曹孟德可以做'治世之能臣，乱世之奸雄'；我们这班人恐怕只可以做'治世之能臣，乱世之饭桶'吧！"

这句自嘲的话，也正是在君自赞的话。他毕竟自信是"治世之能臣"。他不是革命的材料，但他所办的事，无一事不能办得顶好。他办一个地质研究班，就可以造出许多奠定地质学的台柱子；他办一个地质调查所，就能在极困难的环境之下造成一个全世界知名的科学研究中心；他做了不到一年的上海总办，就能建立起一个大上海市的政治、财政、公共卫生的现代式基础；他做了一年半的中央研究院的总干事，就把这个全国最大的科学研究机关重新建立在一个合理而持久的基础之上。他这二十多年的建设成绩是不愧负他的科学训练的。

在君的为人是最可敬爱、最可亲爱的。他的奇怪的眼光，他的虬起的德国威廉皇帝式的胡子，都使小孩子和女人见了害怕。他对不喜欢的人，总是斜着头，从眼镜的上边看他，眼睛露出白珠多，黑珠少，怪可嫌的！我曾对他说："从前史书上说阮籍能作青白眼，我向来不懂得；自从认得了你，我才明白了'白眼对人'是怎样一回事！"他听了大笑。其实同他熟了，我们都只觉得他是一个最和蔼慈祥的人。他自己没有儿女，所以他最喜欢小孩子，最爱同小孩子玩，有时候他伏在地上作马给他们骑。他对朋友最热心，待朋友如同自己的弟兄儿女一样。他认得我不久之后，有一次他看见我喝醉了酒，他十分不放心，不但劝我戒酒，还从《尝试集》里挑了我的几句戒酒诗，请梁任公先生写在扇子上送给我。（可惜这把扇子丢了！）十多年前，我病了两年，他说我的家庭生活太不舒适，硬逼我们搬家；他自己替我们看定了一所房子，我的夫人嫌每月八十元的房租太贵，那时我不在北京，

差不多先生传

在君和房主说妥,每月向我的夫人收七十元,他自己代我垫付十元!这样热心爱管闲事的朋友是世间很少见的。他不但这样待我,他待老辈朋友,如梁任公先生,如葛利普先生,都是这样亲切的爱护,把他们当作他最心爱的小孩子看待!

他对于青年学生,也是这样的热心:有过必规劝,有成绩则赞不绝口。民国十八年,我回到北平,第一天在一个宴会上遇见在君,他第一句话就说:"你来,你来,我给你介绍赵亚会!这是我们地质学古生物学新出的一个天才,今年得地质奖学金的!"他那时脸上的高兴快乐是使我很感动的。后来赵亚会先生在云南被土匪打死了,在君哭了许多次,到处为他出力征募抚恤金。他自己担任亚会的儿子的教育责任,暑假带他同去歇夏,自己督责他补功课;他南迁后,把他也带到南京转学,使他可以时常督教他。

在君是个科学家,但他很有文学天才;他写古文白话文都是很好的。他写的英文可算是中国人之中的一把高手,比许多学英国文学的人高明得多多。他也爱读英法文学书;凡是罗素、威尔士、J. M. Keynes 的新著作,他都全购读。他早年喜欢写中国律诗,近年听了我的劝告,他不作律诗了,有时还作绝句小诗,也都清丽可喜。朱经农先生的纪念文里有在君得病前一日的《衡山纪游诗》四首,其中至少有两首是很好的。他去年在莫干山作了一首骂竹子的五言诗,被林语堂先生登在《宇宙风》上,是大家知道的。民国二十年，他在秦皇岛避暑，有一天去游北戴河，作了两首怀我的诗，其中一首云：

  峰头各采山花戴，海上同看明月生；
  此乐如今七寒暑，问君何日践新盟。

后来我去秦皇岛住了十天，临别时在君用元微之[①]送白乐天[②]的诗韵作了两首诗送我：

  留君至再君休怪，十日留连别更难；
  从此听涛深夜坐，海天漠漠不成欢！

  逢君每觉青来眼，顾我而今白到须。
  此别原知旬日事，小儿女态未能开。

这三首诗都可以表现他待朋友的情谊之厚。今年他死后，我重翻我的旧日记，重读这几首诗，真有不堪回忆之感，我也用元微之的原韵，写了这两首诗纪念他：

[①] 即元稹（779—831），唐代诗人。字微之，河南（今河南洛阳）人。
[②] 即白居易（772—846），唐代大诗人。字乐天，晚年号香山居士。祖籍太原（今属山西）人，后迁居下邽（今陕西渭南东北）。

差不多先生传

明知一死了百愿,无奈余哀欲绝难!

高谈看月听涛坐,从此终生无此欢!

爱憎能作青白眼,妩媚不嫌虬怒须。

捧出心肝待朋友,如此风流一代无。

这样一个朋友,这样一个人,是不会死的。他的工作,他的影响,他的流风遗韵,是永永留在许多后死的朋友的心里的。

廿五,二,九夜。

(原载于1936年2月16日《独立评论》第158号,署名胡适。后收入台北传记文学出版社1979年版《丁文江这个人》一书。)

中国第一伟人杨斯盛传

　　本文的传主是一位没有读过书的穷苦劳动者，作者何以将他赞为"中国第一伟人"呢？不是因为他有惊天地泣鬼神的英雄壮举，而恰恰在于他是一个普通人，他的伟大在于他的理智、他的明白。

　　作者采用说书的形式，对比的手法，把人物的品德和行为突显出来。人家做苦力活，从不亏待自己，赚多少吃多少，而杨斯盛不是这样，他能"睁开了眼睛料事，立定了脚跟吃苦，驼起了肩头做工"，再加上他自身的条件：天资高、见识好，所以不出三十年成了大富翁。

　　成了富翁后，他不是像人家那样只传给子孙，对公益吝啬得很；也不大吃大喝，拼命挥霍。杨斯盛只把财富拿来做公益事业，仅留了少量的钱给子孙。

　　从对比中，让人很自然地觉得：这是一位真豪杰。

差不多先生传

　　兄弟现在又要说一位大豪杰了。这一位豪杰,空了双手,辛辛苦苦做了几十年,积了几十万家私,到了老来,一一的把家私散了大半。来得艰难,去得慷慨,这种人,兄弟要是不来表扬表扬,兄弟这枝笔可不是不值钱了么?

　　这人姓杨,名斯盛,字锦春,是江苏川沙厅人氏。从小父母双亡,无力读书;不但无力读书,差不多连饭都没得吃了。后来只好做一个泥水匠,赚两文钱度度日。看官!我中国的人,有一种怪习气,越是做下等劳动的人,越流落得快。因为生来不大吃得苦,稍吃些苦,便腰驼背胀的了。只好吃两分鸦片烟,喝两口酒,或是买点好小菜,一天辛苦钱,还不够一餐吃喝,哪里还会成家立业呢?看官要晓得,这"穷苦"二字,真是一块试金石,随你什么人,须要经过这个关头,才有后来的指望。唉!这些脓包男子,哪里经得这块试金石的摩擦。只有我如今所说的"杨斯盛"先生,不震不惊,从容不迫地跳过了这个关头,睁开了眼睛料事,立定了脚跟吃苦,驼起了肩头做工。如此者十几年,才有了立脚之地。回想起初到上海的时候,年纪才得十三岁,那一种孤苦伶仃的景况,真个如同梦境了!

　　杨斯盛先生有几种本事:第一样天资极高,他原是没有读过书的,后来不但能读中国书,并且能说英国话了。第二样见识甚好,办事极有决断。有了这两种本事,办事自然容易,再加以一种坚忍的气概,独立的精神,自然天下无难事了。于是乎不上三十年中，杨斯盛已成了大富翁了。

列位！你不看见中国的富翁么？一生奸刁诈伪的赚了个把家私，便说道老夫的家私是血汗心力去换来的，如今是要省吃省用的用去才可留下来传给子孙。所以这种人心目中，只认得黄的金子，白的银子，哪里敢轻用一钱？哈哈！只好留给他子孙把去孝敬那烟馆老板堂子乌龟吧！但是我所说的这位杨先生，却不是这种人。他要是这种人时，他那家私可不知要积到多少万了。他一生一世，遇了什么天灾人事，务必捐出巨款，赈济受害的人；遇了什么公益事业，务必出钱捐助。他生平捐钱造的马路也不知多少条；救活了的人也不知多少人了。他所做的事业，最为人所最崇拜的就是那"破家兴学"一事。

杨先生因为自己少时没有读过多少书，所以他很想造就一班少年人才出来。所以他便捐了十万金，开了一所广明小学，并附设一个师范传习所，后来逐渐扩充，便改为浦东中学，附设两等小学。筑校舍于上海对面之浦东，那学堂中如今已有了二三百人。其中规模之宏大，办法之整严，就是上海开办了多少年的学校也还不及。不料那学校开办不上二年，我们这位可敬可爱可师可法的杨斯盛先生，竟尔死了。可怜他死的时候还说："那学校用的黑板要改良。"这句话还没说完，便死了。唉，可怜啊！

他未死之前，便把家产分为数分，把所有家产的三分之二捐入那学校，此外的家产捐助南市医院，改筑桥梁，捐助旁的学

差不多先生传

堂。还有许多事业，兄弟说也说不完了。余下给子孙仅十分之一耳。看官！这种人是一种什么人？兄弟的"豪杰"二字，能够包括得完么？我们中国古时有个人叫做疏广，他说："子孙若贤，多了钱，便不用功上进了，便灰了他的志向了。子孙若不贤，多了钱，便是助他作恶作歹了！"所以他有好多的黄金，都拿去办了酒食，日日请客，大吃大用，却不传给子孙。中国的人，几千年来都称赞他的好处。看官！他所说的话可是不错，但是他行的事却大错了。他不拿钱去做些济人利物的事，却拿去大吃大喝。一来呢，独乐一身，无益于天下生民。二来呢，饮食醉饱，给子孙做一个败家的榜样。他哪里比得上我们这位可敬可爱可法可师的杨先生啊！唉！兄弟这个话，如何可拿去责备几千年前的古人，他哪里懂得，只好把来希望列位看官罢！

（原载于1908年8月1日《竞业旬报》第25期，署名适之。后收入台北文星书店1966年版《胡适选集》。）

中国爱国女杰王昭君传

王昭君是"中国古代四大美女"之一,一说起她,人们想到的无非是她的不得宠,远嫁边塞的悲苦。而胡适先生却称王昭君是"爱国女杰",这是为什么呢?

胡适先生在文章中先指出了旧说的不合情理,说明那些传说故事都是不靠谱的。然后,引证了古书上的材料,细细道来。从王昭君入宫到她愿意出塞,交代得非常详细。其间描摹了王昭君进宫和出塞的心路历程,从一个孝顺女儿到皇帝的宫女,再到远嫁匈奴以安边塞的"爱国女杰",这一整个过程被作者写得丝丝入扣,合情合理。一个明事理、识大体的女子形象跃然纸上。

差不多先生传

　　列位看我这篇传记，一定要奇怪，说这"王昭君"三字，怎么能和这"爱国女杰"四字合在一起呢？那王昭君不是汉朝一个失宠的宫女么？不是受了画工毛延寿的害，不中元帝之意，被元帝派去和番的么？这个人怎么算得爱国的女豪杰呢？列位这种疑心并没有错，不过列位都被那古时做书的人欺骗了几千年，所以如今还说这种话，简直把这位爱国女杰王昭君，受了两千年的冤枉，埋没到如今。我如今既然找得真凭实据，可以证明这位王昭君确是一位爱国女豪杰，断不敢不来表彰一番，使大家来崇拜。这便是在下做这篇昭君传的原因了。

　　我且先说那旧说。那旧说道，王昭君是汉元帝时候一个宫人。那是元帝的后宫，人太多了，一时不能看遍。遂召许多画工，把那些宫人的容貌，都画成一册，好照着那册子上的面貌，按图召见。便有那许多宫人，容貌中常的，便在那画工面前行了贿赂，有送十万钱的，也有送五万钱的。只有王昭君不屑做这些苟且无耻的事，那画工不能得钱，便把昭君的容貌画成丑相。后来匈奴的单于来朝，向皇帝求一个美女。元帝翻那画册，只见王昭君的面貌最丑，便许了匈奴，把昭君赐他。到了次日，元帝便召昭君来见，不料竟是一个绝色美人，竟是宫中第一等的美人，一切应对举止，没有一件不好的。元帝心中可惜得了不得。但是既许了匈奴，不便失信于外夷，只得把昭君赐了匈奴。后来元帝心中越想越可惜，便把那些画工都抓来杀了。

以上说的，都是从前说王昭君的话头。你想那些画工竟敢在皇帝宫中做起买卖来了，胆子也算大极了。况且元帝既见之后，又何尝不可把别人来代替他？所以这种话都是靠不住的。我如今所引证的，也是从古书上来的，并不是无稽之谈。列位且听我道来。

王昭君，名嫱，是蜀郡秭归人氏。他父亲叫王穰，所生只有昭君一女。昭君自幼便和平常女儿家不同，一切举动都合礼法。长成的时候，生得秀外慧中，绝代丰姿，真个宋玉说的"增一分则太长，减一分则太短，傅粉则太白，涂脂则太赤"。再加之幽娴贞静，所以不到十七岁，便早已通国闻名的了。及笄以后，那些世家王孙来求婚的，真个不知其数。他父亲总不肯许。恰巧那时元帝选良家女子入宫，王穰听了这个消息，便来与女儿说知，想要把昭君送进宫去。王昭君听了这话，心中自己估量，自思自己的父亲只生一女，古语道得好，"生女不生男，缓急非所益"，父母生我一场，难道亲恩未报，就此罢了不成？如今不如趁这机会，进得宫去，或者得了天子恩宠，得为昭仪或是婕妤，那时可不是连我的父母祖宗都有了光荣，也不枉父母生我一场。主意已定，便极力赞成王穰的说话。王穰见女儿情愿，便把昭君献入宫去。看官要晓得，这原是昭君一片孝心，想做那光耀门楣的女儿。哪里晓得皇帝的深宫，是一个最凄惨最可怜的地方，古来许多诗人做的许多宫怨的诗词，已是写得穷形尽致的了。更有那

差不多先生传

《红楼梦》上说的,有一位贾元妃,对他父亲说:"当日送我到那不见人的去处",你看这十二个字,写得多少凄怆呜咽,人尚且不能见,什么生人的乐趣,更不用说自然是没有的了。那宫中几千宫女,个个抬起头来,望着皇帝来临,甚至于有用竹叶插门,盐水洒地,来引皇帝的羊车的。其实好好一个人,到了这种地方,除了卑鄙龌龊苟且逢迎之外,哪里还想得天子的顾盼。唉,这种卑鄙污下的行为,岂是我们这位爱国女杰王昭君做得到的么?昭君到了这个地方,看了这种行为,心想自己容貌虽好,品行虽好,终究不能得天子的宠遇,休说宠遇,简直连天子的颜色都不大望得见了。要是照这样下去,还不是到头做一个白发宫人么?昭君想到这里,自然要蛾眉紧蹙,珠泪常垂的了。

看官要记清,上面所说的,都是王昭君入宫的历史。如今要说那王昭君爱国的历史了,看官须晓得,汉朝一代,最大的边患便是那匈奴,从汉高祖以来,常常入寇中国,弄得中国边境年年出兵,民不聊生。宣帝的时候,匈奴内乱,自相争杀,遂分成两国,一边是呼韩邪单于,一边是郅支单于。后来汉朝帮助呼韩邪,攻杀郅支,呼韩邪单于大喜,遂来中国,入朝朝觐。那时正是汉元帝竟宁元年。那时便是王昭君立功的时代了。

那时呼韩邪来朝,先谢皇帝复国的恩典,便说:"小臣得天子威灵,得有今日,从此以后,断不敢再萌异心。如今想求皇帝赐一个中国女子给臣,使小臣生为汉朝的臣子,又做汉朝的女婿，子孙便做汉朝的外甥。从此匈奴可不是永永成了天朝的外臣了么？"皇帝听了呼韩邪的话，心中很喜欢，只是一件，那匈奴远在长城之外，胡天万里，冰霜遍地，沙漠匝天。住的是韦輔（bài）毳（cuì）幕，吃的是膻肉酪浆。那种苦况，这些娇滴滴的宫娃，那里受得起。谁肯舍了这柏梁建章的宫殿，去吃这种惨不可言的苦况呢。想到这里，心里便踌躇起来了，便叫内监，把全宫的宫人都宣上殿来。不多一会，那金殿上，便黑压压地到了无数如花似玉的宫人。元帝便问道："如今匈奴的国王，要求朕赐一女子给他，你们如有愿去匈奴的，可走出来。"连问了几遍，那些宫人面面相觑，没有一个敢答应的。那时王昭君也在其内，听了皇帝的话，看了大家的情形，晓得大众的意思，都是偷安旦夕，全不顾大局的安危，心里便老大不自在。心想我王嫱入宫已有几年了，长门之怨自不消说，与其做个碌碌无为的上阳宫人，何如轰轰烈烈做一个和亲的公主。我自己的姿容或者能够感动匈奴的单于，使他永远做汉朝的臣子，一来呢，可以增进大汉的国威，二来呢，使两国永永休兵罢战，也免了那边境上年年生民涂炭之苦。将来汉史上即使不说我的功勋，难道那边塞上的口碑，也把我埋没了么？想到这里，便觉得这事竟是我王嫱义不容辞的责任了！昭君主意已定，叹了一口气，黯然立起身来，颤巍巍地走出班来，说"臣妾王嫱愿去匈奴"。那时元帝看见没有人肯去，正在狐疑的时候，忽见人丛里走出这么一位倾城倾国绝代无双的美

差不多先生传

人来，定睛一看，竟是宫中第一个绝色美人，而且是平日没有见过的。这时候元帝又惊又喜，又怜又惜，惊的是宫中竟有这么一个美人，喜的是这位美人竟肯远去匈奴，怜的是这位美人怎禁得起那万里长征的苦趣，惜的是宫中有了这个美人，却不曾享受得，便把去送与匈奴，岂不可惜，岂不可惜么？皇帝心中虽是可惜，然而那时匈奴的使臣，陪着呼韩邪单于，都在殿上，昭君的美貌，是满朝都看见了的，昭君的言语，是都听见了的，到了这时候，唉，虽有天子的威力，大汉的国势，也不能挽回这事了。元帝到了这时候，一时没得法了，只好把昭君赐了匈奴。从此以后，我们这位爱国女杰王昭君，便做了匈奴呼韩邪单于的大阏支了。

呼韩邪单于得了王昭君，快活极了。那时汉元帝封昭君为宁胡阏支，这"宁胡"二字，便是"安抚胡人"的意思。果然一个王昭君，竟胜似千百万雄兵，从此以后，胡也宁了，汉也宁了。那时呼韩邪单于便和昭君回到匈奴，一路上经过许多平沙大漠，呼韩邪便叫匈奴的乐士在马上弹起琵琶来，叫昭君一路行一路听着，免得她生思乡之念。不多时昭君到了匈奴。匈奴便年年进贡，永永做汉朝的外臣。于是汉朝的国威远及西北诸国，从元帝到成帝、哀帝、平帝，一直到王莽篡汉的时候。那时呼韩邪也死了，昭君也死了，他子孙做单于的都说，我国世世为汉朝的外甥，如今天子已非刘氏，如何做他的藩属？于是匈奴遂不进贡了,遂独立了。可见这都是这位爱国女杰王昭君的功劳。这便是王昭君的爱国历史,我们中国几千年以来,人人都可怜王昭君出塞和番的苦趣,却没有一个人晓得赞叹王昭君的爱国苦心的。唉,怎么对得住王昭君呀,那真是对不住王昭君了!

(原载于1908年10月11日《竞业旬报》第32期,署名铁儿。未收集。)

《西游记》的第八十一难

　　这是一篇对《西游记》最后两回的改写作品。作者在题记中认为，原作这结尾写得太简单，显得"寒伧"，对一部大书来讲不相配。所以，一逮着时间，他就把十年前的想法付诸了行动，写成这《〈西游记〉第九十九回》。

　　作者敢于作这样的改写，除了他的文学功底外，更在于他的胆识，一种不迷信于前人、不迷信于名著的胆识。其实，这也是作者给我们的一个很好的启示，读书求学，除了学习现有知识外，更应该培养一种敢于怀疑权威的胆识和创新的精神。

十年前我曾对鲁迅先生说起《西游记》的第八十一难（九十九回）未免太寒伧了，应该大大的改作，才衬得住一部大书。我虽有此心，终无此闲暇，所以十年过去了，这件改作《西游记》的事终未实现。前几天，偶然高兴，写了这一篇，把《西游记》的第八十一难，完全改作过了。自第九十九回"菩萨将难簿目过了一遍"起，到第一百回"却说八大金刚使第二阵香风，把他四众，不一日送回东土"为止，中间足足改换了六千多字。因为《学文月刊》的朋友们要稿子，就请他们把这篇"伪书"发表了。现在收在这里，请爱读《西游记》的人批评指教。

二十三，七，一，胡适记。

《西游记》第九十九回

观音点簿添一难

唐僧割肉度群魔

话说观音菩萨把唐僧一路上经历的灾难簿子从头看了一遍，忽发言道："佛门中九九归真。圣僧受过八十难，还少一难。"菩萨当时即命五方揭谛道："速速赶上金刚，还生一难者！"

差不多先生传

揭谛得令，驾云向东赶去，不多时赶上了金刚，附耳低言，说明菩萨法旨。金刚奉令，刷的把风按下，将唐僧四众连马与经，降落在地。噫！正是：

九九归真道行难，一篑功亏不结丹。
腾云指日回唐土，何图蓦地下云端！

三藏脚踏了凡地，自觉心惊。八戒呵呵大笑道："好，好，好！这正是走得快，跌得高！"沙僧也道："想是护送的金刚半路上看个亲眷去了，叫我们下来歇歇哩。"孙行者火眼金睛，早已看见五方揭谛赶上金刚，交头接耳，必有用意，他且不说破，只对唐僧说道："师父，金刚抛下我们，自回去了。我们且打听明白这是什么地方，在何国土。"唐僧道："悟空说得是。我听得远远的有水响，不知是不是我们走过的河水。"

行者纵身跳在空中，用手搭凉篷，仔细看了，下来道："师父，那一带树林过去，果然是一条大河，河身像是很宽，很长；水势却不汹涌，不像是流沙河，也不像是通天河，也许是一条我们不曾走过的大河。"

唐僧问道："徒弟啊，那边可望得见人烟么？"行者答道："河的对岸好像有一个城镇。有船只载着人往这边来。河这边有一座高塔。船上的人好像是朝着这塔来的，也许是来塔上烧香祭赛的。"

八戒喊道:"只要有人烟,我们都去!"八戒、沙僧把经卷驮在马上,四众步行,穿过大树林,果然望见一座高高的宝塔。师徒们朝着宝塔走去,看看太阳将落时,他们到了宝塔面前。只见二三十个人,全是天竺国服装,老老少少,男男女女,从塔下走出来,朝着河边回去。那些人见了唐僧四众,都很惊异,渐渐围拢来;妇人孩子见了八戒三人的怪模样,都很害怕,躲在老年人的背后,窃窃私语。内中一位老者,认得唐僧的状貌衣装是大唐人物,走过来问讯。唐僧叫三个徒弟站开,他自己上前施礼问讯。唐僧道:"贫僧是大唐人氏,这三人是小徒,往西天取经回来,流落在此,不知路途方向。请问老丈这里是何国土,这宝塔供养何种尊神,此去大唐国土应走何方向。"

那老者答礼道:"不知法师是大唐上国求法高僧,失敬之至。此处是婆罗涅斯国,前面的大河是殑伽河①。顺河流东行,约三百余里,便是战士国境。法师若要东行,可用船顺流下去。这里的宝塔是敝国最著名的古迹,叫做'三兽窣堵波',是如来在过去劫初修菩萨行时烧身供养天帝释之处。每年八月月圆时,是月光王菩萨的节日,敝处的人来此扫塔祭赛。今天正是月光节,我们来此祭扫,不想得遇上国高僧。可否请到对河村子里供养一宿,明

---

① 殑(jìng)伽河:古印度河名,即恒河。《大唐西域记》卷四"窣禄勤那国":"阎牟那河东行八百余里至殑伽河河源,广三四里,东南流入海处广十余里,水色沧浪,波涛浩汗。"

差不多先生传

天准备船只相送东行？"

唐僧听说"三兽窣堵波"之名，心里大欢喜，忙整衣帽，朝塔礼拜，并叫行者三人同来礼拜。礼拜毕，唐僧又谢那老者指引的好意，说道："贫僧久闻'三兽窣堵波'之名，但恨无缘拜扫瞻仰。天幸今日无意中亲到塔下，岂可错过机缘？贫僧师弟都是修行之人，今夜决计在塔下打坐一宵，以表礼拜的诚心。多蒙老丈厚意款待，明早一定渡河到贵村来拜谢。"

那老丈听说，知道唐僧决心扫塔，又有点害怕那三个怪模样的徒弟，也便不坚留，便留下姓名，率领众男女回河边上船去了。

话说唐僧别了众人，回过头来，欢天喜地地对三个徒弟说道："徒弟啊，谁料我们从云里掉下来，却遇着这意外的奇缘！"八戒笑道："师父，想必是打听得你的祖宗的骨塔了？"沙僧和行者齐声问道："师父，这个古塔有何因缘，叫你老人家这样高兴！"

三藏回头用手指道："你们不见这里是三座塔么？"行者们看时，果然中间一座高塔，左右两旁各有一座小塔。在远处望见的只是中间的高塔。唐僧说："这就是西域地志上有名的三兽塔，又叫做'月中玉兔塔'。三兽是一只兔子，一只狐狸，一只猿猴。中间是兔塔，两边是狐塔猴塔。"八戒呵呵大笑道："怪道老师父

唐僧说:"这就是西域地志上有名的三兽塔,又叫做'月中玉兔塔'。三兽是一只兔子,一只狐狸,一只猿猴。中间是兔塔,两边是狐塔猴塔。"

胡适

欢天喜地,原来他替弼马温①大师兄寻得了祖坟也!"

唐僧喝住八戒,说道:"劫初之时,我佛如来投生为一只白兔,他本性不昧,在树林中修菩萨行。他有两个同伴,一狐一猿,受了他的感化,也同在树林中修行。一日,天帝释要试验他们的修行工夫,下凡变化作一个老人,到树林中来。三兽见那老人形容憔悴,行步艰难,都来问他有何病痛。老人说:'我要饿死了;来问你们求一点东西吃。'三兽请他坐在树下,他们都出去寻食物款客。狐狸先回来,嘴衔着一条鲜鲤鱼。猿猴也回来了,摘得一堆鲜果。只有白兔空手回来,心怀惭愧。老人说:'狐哥猴哥都寻了东西回来,难道兔哥不肯布施一点么?'白兔闻言,对同伴道:'敢烦两位师兄替我采点干柴,生起火来,我自有佳肴供客。'狐猿出去,寻了一些枯枝干叶,生起火来。白兔见火焰正旺,就对老人道:'丈人,我自愧有心无力,不能救丈人的饥饿。敬献区区身体,供丈人一餐。'说完,就跳入烈焰之中。尔时老人复现天帝释庄严宝相,从火焰中提出兔身,嗟叹不已。天帝释道:'兔子舍生救人,是真菩萨行。吾当令世间人永永敬礼他的形容。'天帝释言讫,一只手攀住须弥山尖,撕下了半个峰头来做他的画笔;一只手捉住月亮,做他的粉本,就在月亮上画下了玉兔的形状。至今月中有玉兔,便是这样起源的。后世天竺国人纪念

---

① 弼(bì)马温:孙悟空曾在天宫任过"弼马温"一职,因此在取经途中曾被八戒和妖精多次取笑过,但古代官制里,并没有"弼马温"这个职位。

差不多先生传

这个玉兔烧身的故事,在这里建塔纪念,就是这个三兽窣堵波。"

唐僧接着又说:"我小时念《杂宝藏经》《经律异相》,就知道这白兔舍身的因缘。谁想今日取经回来,还能瞻拜这千年古塔!我如何不欢喜!"①

三藏讲完故事,行者沙僧俱各欢喜赞叹。只有八戒涎着嘴脸,呵呵大笑道:"好个多情的师父!忘不了大天竺国抛绣球招亲的假公主!你瞧那河上起来的团圞(luán)明月,正照着绣球选中的驸马爷的僧帽上。只怕太阴星君管束不严,玉兔知道了我师父今夜扫塔的多情,又要逃出广寒宫,来寻你耍子去也!"

三藏也不管八戒的顽皮,领着三人,到中间塔下,叫八戒把经卷龙马安顿在塔下,叫沙僧摘了一些竹枝,扎了一把笤帚。唐僧拿着笤帚,同他们上塔祭扫。正是:

玉兔高风永不磨,庄严塔影照长河。

殷勤上国求经客,来扫千年窣堵波。

话说唐僧四众扫塔,到得最上一层时,明月已近中天;远望殑伽河变成了一道光耀的银河;四野静穆,但见茫茫银雾,涌

---

① "三兽窣堵波"的故事见于玄奘的《大唐西域记》卷7。白兔舍生因缘又见于《杂宝藏经》卷2,《经律异相》卷47。我在这里又参用了现代印度作家的说法。——作者原注

起一个出尘的世界。唐僧到此不觉一声叫绝。行者，沙僧也都凝望出神。连那八戒也不觉摇头摆耳，舞蹈起来。唐僧本来早已走得疲乏了，就在那塔顶上靠着石栏坐下。坐了一会，他舍不得走了，对三个徒弟道："徒弟啊，我当年离了长安，在法云寺里立了弘愿，上西方遇寺拜佛，见塔扫塔。一路上历尽多少艰辛。那回在祭赛国扫塔，被妖魔败兴。还有那回在荆棘岭上，虽然也是一个月白风清的良夜，又被几个松妖杏怪搅缠了一夜。今番取得经典回朝，难得在这千年古塔上清清闲闲地赏玩这无边月色。你们三人可先下去看守经卷，在塔下洞门里歇息。我要在这塔上打一回坐，定一定心。"

行者料无意外危险，便叫八戒、沙僧同去塔下等候。八戒笑着回头道："师父早点下来罢！莫要被月光钩起了凡心，又要累大师兄上毛颖山找寻玉兔儿去！"

他们下塔去讫，唐僧正襟打坐，凝神入定。他在定中，忽然听得空中有人喊道："圣僧随我来，了一件公案去者！"他觉得身体起在空中，跟着那人，在月光里飘到一个平阳大地，落下地来。他定神四看，只看见整千整万的异形怪状的鬼怪，也有像人形的，也有兽身人面的，也有完全兽形的，也有一身九头的，大都是浑身血污，破头折脚，肢体不全。这些鬼怪见唐僧来了，登时起了大扰攘，一霎时鬼哭魔嚎，喊声震天。唐僧只听得四方八面齐声喊着："唐僧还我命来！""唐僧还我命来！"

差不多先生传

　　唐僧虽然身经无数灾难，到此也不免心惊胆战。只听得那个同来的人低声说道："圣僧不必惊慌。小神奉菩萨法旨，引圣僧来此结束一件公案。这些冤魂都是圣僧从东土西来求经一路上所遇见的大小妖魔的鬼魂。他们当时妄想要吃圣僧一块肉，可以延寿一千年，所以在路上兴风作浪，与圣僧为难。幸有齐天大圣、天蓬元帅、卷帘大将[①]，一路保护前来。这些都是金箍棒和钉钯底下的死鬼，因为得罪了圣僧，永永打入恶道，不得超生。现今他们都奉地藏王菩萨法旨，来到这里请圣僧结此公案。"

　　那人说完，唐僧一时没了主意，扯住那人问道："我的三个徒弟都不在我身边，叫我如何了得这件公案？"那人道："这件公案只有圣僧自了，齐天大圣诸人都助不得力。"

　　那人说完，拉住唐僧起在半空中，用手指着下面一队队的妖魔鬼魂，一一说与唐僧道："那边是双叉岭的老虎。那是两界山的老虎。那是五行山脚下被行者打死的六贼。那是鹰愁陡涧被龙吞了的马。那是观音禅院撞死的老和尚。那是黑风山的白花蛇与苍狼怪。那是黄风岭的虎先锋领着无数狐兔獐鹿的鬼魂。"

　　他转过身来，指道："那个女鬼是白虎岭的白骨夫人。那两

[①] 齐天大圣、天蓬元帅、卷帘大将：即孙悟空、猪八戒和沙悟净。孙悟空，法号行者。孙悟空占花果山为王，自称齐天大圣，保护唐僧取回真经后被封为斗战胜佛。猪八戒的前身是玉皇大帝的天蓬元帅，主管天河。沙悟净，又叫沙僧、沙和尚，原是天庭中的卷帘大将，失手打碎琉璃盏被贬下凡，保护唐僧取回真经后被封为南无八宝金身罗汉菩萨。

个小孩子是碗子山波月洞黄袍怪的两个儿子,被八戒、沙僧掼死的。这边是平顶山莲花洞的几百小妖,领头的是压龙洞的九尾狐精和狐阿七大王。那边三个道士是车迟国的虎力大仙、鹿力大仙、羊力大仙。那边那个跄跄拜拜的老怪物乃是通天河里设计捉拿圣僧的老鼋婆,率领着一班打死的水怪鱼精。"

那人又转向右边,指道:"那边百十个鬼魂乃是金峨山独角兕(sì)大王手下的小妖。这边二三十个人鬼乃是杨家庄上孙行者打死的贼人。那边是琵琶洞的蝎子精,这边是大闹西天的六耳弥猴。那边一大队是牛魔王的小夫人玉面公主领着摩云洞的小妖。这边一小群是碧波潭的老龙一家,同着他那九个头的驸马。"

说到这里,那人向前一指,笑道:"圣僧想还认得这几位朋友!"唐僧细看时,却是荆棘岭上的十八公、孤直公、凌空子、拂云叟、杏仙一班花妖树怪。

那人又指道:"圣僧请看,那边纷纷攘攘的是小雷音黄眉大王的五七百个小妖,和狮驼洞的万数小妖。这边争争吵吵的是盘丝洞的七种蜂妖,黄花观的七个蜘蛛精,竹节山九曲盘桓洞的猱狮,雪狮等等七个狮精。前面那两盏大灯笼是稀柿衕(tòng)的大蟒怪的一对眼睛。右边那个艾叶花皮豹子乃是隐雾山折岳连环洞的南山大王。左边那一大群牛,乃是金平府玄英洞的辟寒大王、辟暑大王、辟尘大王,领着他们手下的许多山牛精、水牛精、黄牛精。"

差不多先生传

那人团团转了一遭,回头对唐僧说道:"圣僧,这一案里的人鬼妖魂全在这里了。地藏王菩萨的名籍上记着,这一案共有五万九千零四十九名。这都是当年要谋害圣僧的性命,要吃圣僧的肉想延寿长生的。圣僧如何处分这一案,想必自有权衡。小神交代明白,暂且告退。"说完,那人按落云头,把唐僧送在一座石磴上,竟自扬长腾空去了。

唐僧在半空中看了那几万个哀号的鬼魂,听了那惨惨凄凄的哭声,他的恐惧之心已完全化作慈悲不忍之心。他想到今天说过的白兔舍身的故事,想到佛家"无量慈悲"的教训,想到此身本是四大偶然和合,原无足系念。他主意已定,便自定心神,在石磴上举起双手,要大众鬼魂安静下来。

那时无数鬼魂看见唐僧站在月光中,庄严之中带着慈祥,个个都感觉着一种不可思议的威力。大众见他举起双手来,手心向下,月光正照在手背上,大众都渐渐安静下来。一会儿,真个全肃静了。

唐僧徐徐开言道:"列位朋友!贫僧上西天求经,一路上听得纷纷传说:'吃得唐僧一块肉,可以延寿长生。'非是贫僧舍不得这副臭皮囊:一来,贫僧实不敢相信这几根骨头,一包血肉,会真个有延年长命的神效;二来,贫僧奉命求经,经未求得,不敢轻易舍生。如今贫僧已求得大乘经典,有小徒三人可以赍送回大唐流布。今天难得列位朋友全在此地,这一副臭皮囊既承列位见爱,自当布施大众。惟愿各山洞主,各地魔王,各路冤魂,受此微薄布施,均得早早脱离地狱苦厄,超升天界,同登极乐!"

唐僧言讫,那数万鬼魂齐齐举手欢呼,鬼声啾杂,辨不出他们说的什么,只听得一片"聒噪!聒噪!"①"多谢布施!""快吃唐僧肉!"

唐僧又举起两手来,叫他们静听。他又说道:"列位朋友!请忍耐片刻。让贫僧留个遗表,给小徒带回大唐。"

好个玄奘和尚!他脱下袈裟,反铺在石磴上,他咬破右手中指,写下血书遗表:

> 沙门玄奘言:臣奉命西来求法,历时一十七载,艰危万重,而凭恃天威,心愿获从。遂得见不见迹,闻未闻经。所求得大乘真经五千零四十八卷,今命徒弟悟空等赍送回朝,流布东土。惟求法弘愿已了,微躯已无足恋,兹于本日在婆罗涅斯国殑伽河上,舍命布施,下以超度途中柱死鬼魂,上以为国家祈天永命。临绝上闻,不尽依依。

---

① "聒噪!聒噪!"是道谢之词。《西游记》第九十四回大天竺国国王赠送金银器时,行者唱喏道:"聒噪!聒噪!"我们徽州绩溪土话向人道谢也说:"姑噪,姑噪,"大概"聒噪"与"姑噪"同出于一个语源。——作者原注

差不多先生传

他又留下遗嘱给行者三人：

玄奘赖尔等护持，得遂求经弘愿。经典至重，望尔等星夜赍送回朝。玄奘微躯已于今夜布施西天路上尔等所害诸枉死鬼魂，了此十七年公案。此是修菩萨行人本分内事，尔等不必哀伤。经典到达之日，即是玄奘不死之年。此嘱。

唐僧写完，将度牒裹在袈裟里，脱下紧身衣服，抽出十七年不曾用过的戒刀，坐在石磴上，从左腿上割下一块肉来，用刀尖挑了，递与靠近身旁的鬼魂，笑道："这是唐僧肉，可惜不多，请你们每人吃一口罢。"一个小妖接过来，咬了一口，传递给第二人。这时唐僧又割下第二块肉来了。这些山妖水怪，被唐僧的大慈悲感动了，倒也讲点礼数，每人只咬一小口，不争多论少，也不争肥较瘦；吃了肉的都慢慢散开去，让没吃肉的挤近前来。唐僧一块一块的割去，血流下石磴，石磴面前成了血池。一些鱼精鳖怪，便跟着老鳜婆，在血池里喝血。盘丝洞里干儿子，——蜜蜂、蚂蜂、蚂蜂、班毛、牛蜢、抹蜡、蜻蜓，——也都飞来吸血。

唐僧把身上割得下的肉都割剔下来了，看看只剩得一个头颅，一只右手还不曾开割。说也奇怪，唐僧看见这几万饿鬼吃得起劲，嚼得有味，他心里只觉得快活，毫不觉得痛苦。

这时候，那团圞的月亮已快要落下地去，在长河那一边，月光平射过来，照着那个孤棱棱的和尚头，那头的黑影子足足有几里路长，在那几万鬼魂的顶上晃着。这时候，忽听得半空中一声"善哉！是真菩萨行！"唐僧抬起头来，只见世界大放光明，一切鬼魂都不见了。

唐僧如从大梦里醒来，定心一看，兀自坐在那三兽塔最高层上的石栏边，分毫不曾移动。抬头望那月亮已将落下地去，东方满天的红霞，太阳快起来了。他伸手摸腿上身上，全不见割剔的痕迹。他心里惊怪：难道是我在定中做了一场噩梦？正惊疑间，只听得塔的下层有脚步声响，行者与八戒上来，八戒喊道："师父出定了吗？天快亮了。"唐僧心里觉得快活，也不说破，站起来同他们下塔去。

下得塔来，只见沙僧牵着龙马，旁边立着八大金刚，齐声向唐僧道喜，说道："恭贺圣僧一夜之中，了得西来公案，圆成九九劫数！一念无量慈悲，三千大千诸佛菩萨同声赞叹。可贺可贺！"

行者三人都不懂得金刚说的话，争问师父夜来在塔上做了什么。唐僧不得已，把夜来的奇境说了一遍，说完，解开袈裟，看那里面隐隐约约的好像还有许多金字，细看时又都不见了。师徒四众都咨嗟称异。

八大金刚催道："圣僧功行完满，就此回东土去罢！"有偈

差不多先生传

为证：

吃得唐僧一块肉，五万九千齐上天。
如梦如电如泡影，一切皆作如是观。

（写于1934年7月，原载《学文月刊》1卷3期，后收入《胡适论学近著》第1集卷3。）

思考题

1. "差不多先生"指的是谁？你身边有像差不多先生这样的人吗？

2. "一个问题"是一个什么样的问题？关于这个问题你有自己的答案吗？

3. 胡适早年在家乡所受的教育中，谁对他的影响最大？这个人是怎样教诲他的？

4. 胡适等人在庐山游玩时的路线是怎样的？沿途他们观赏到了哪些景致？

5. 胡适认为的"新生活"是一种怎样的生活？你认同他的观点吗？为什么？

6. 《记辜鸿铭》一文中，作者记了和他交往中哪几件事？

7. 细读《追悼志摩》一文，背诵一下文中所引的徐志摩诗句，想想作者是从哪些方面来悼念这位诗人的。

8. 你觉得丁在君是一个怎样的人物呢？试从文中举几个例子来说明。

9. 胡适为什么认为杨斯盛是"中国第一伟人"？你觉得杨斯盛是一个怎样的人呢？

10. 阅读《西游记》原著中的第九十九回和第一百回，再跟胡适的这篇改写本比较一下。然后，评一评，胡适改写得怎么样。